KB075506

마법소녀 은퇴합니다

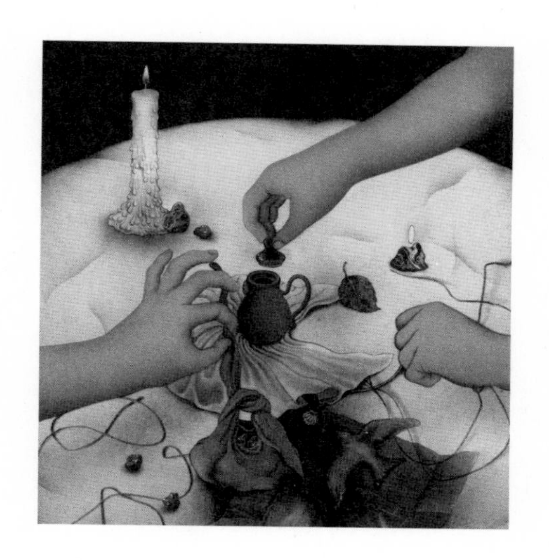

# 마법소녀 은퇴합니다

박서련 소설

차례

# 마법소녀가 되는 운명

**가능한 한 폐 안 끼치고 죽는 방법 없을까?**

열심히 살았다고 생각해. 주어진 건 많지 않았지만 최대한 낭비 없이 노력해왔다고. 내 발로 여기까지 왔지만 누구에게 떠밀려 온 것 같다는 생각이 드는 건 어쩔 수 없겠지.

은행에서 뽑은 777번 번호표.

스물아홉.

다들 그렇지 않아?

인터넷에서 '사랑으로 이어지는 서른여섯가지 질문'이라는 글을 본 적이 있다. 뉴욕타임즈의 글이었는데, 말 그대로 모두 대답하고 나면 어떤 사람하고든 사랑에 빠질 수 있는 서른여섯개의 질문들이 담겨 있었다. 그중 7번 문항이 이러했다.

"당신이 어떻게 죽을지에 대한 예감이 있나요?"

아마 나는 아무도 모르게 죽을 거야. 그러기를 바라고 그럴 거라 믿고 있으니까. 살면서 내가 빌었던 소원 중 정말로 이루어질 가능성이 있는 건 이것뿐.

그리고 소원을 이룰 기회는 정말 가까이에 있다.

화요일 새벽 세시 사십일분 마포대교. 지나가는 차량은 분당 0.3대꼴, 텅텅 비어 있는 교량 위를 지나는 차는 당연하다는 듯 모두 총알 같고, 난간에 기대앉은 나는 운전자들 눈에 띄지도 않겠지. 나는 두시간 전부터 여기 앉아 있었다. 마지막으로 사람이 지나간 건 사십분쯤 전. 멀리서

다가올 때부터 취한 사람인 건 알고 있었는데 (그야 이런 새벽에 이 긴 다리를 걸어서 건너겠다는 결심을 하는 사람이 맨정신일 리는 없잖아) 술에 취한 그 사람이 내게 시비를 걸까봐 발뒤꿈치가 엉덩이에 닿도록 다리를 접고 무릎을 껴안은 채 숨을 참았다.

취한 사람은 아주 느릿느릿 비틀거리며 내 앞을 지나갔기 때문에 나를 발견할 시간이 충분했지만 못 보고 지나친 것 같았다. 그 사람이 내 시야에 머무른 시간이 예상한 것보다 길어서 그가 내 눈앞을 지나간 직후에 더는 참을 수 없어서 파! 하고 요란한 숨소리를 냈는데도 돌아보지 않았다. 그래서 오히려 슬퍼졌다. 나 혹시 **투명한가?** 음소거 상태인가?

어쩌면 숨소리가 컸다는 건 내 착각인지도 모르지. 마스크를 쓰고 있어서 잘 안 들렸을지도 몰라. 혹시라도 그 사람이 나를 발견하면 시비를 걸 것 같았고, 몸싸움을 벌이다 어어어, 하고 둘 중 하나가 난간 아래로 떨어져버리는 상상을 하는 것도 그렇게 어렵지 않았는데, 막상 아무 일도 없이 그 사람이 지나가버리니까 마음이 놓이는 게 아니라 슬펐다는 게…… 너무 이상해. 이유가 전혀 짐작이 안 가는 건 아니다. 내가 했던 상상은 그 사람과 내가 난간에 위태롭게 기대어 몸싸움을 벌이는 장면만이 아니라, 뜻밖에도 이해심이 많은 데다 마침 취해서 오지랖까지도 활짝 펼쳐진 그 사람이 내가 왜 혼자 울며 여기 앉아 있는지 관심을 보이고 다정한 말을 건네주는 버전도 있었기 때문.

나 왜 이렇게 멍청하지.

한동안 그쳤던 눈물을 찔끔찔끔 다시 흘리다가 물도 마시고, 죽겠다고 여기까지 와서는 목마르다고 물을 마시는 게 한심하게 느껴져서 물통을 강에다 던져버린 게 그러니까…… 삼십분 전. 환경을 오염시켜서 죄송합니다. 저야말로 쓰레기예요. 그런데 설상가상 다시 목이 말라와서 더 후회가 됐다. 내가 왜 그랬을까. 후회하려고 태어난 사람인가봐, 나는.

정확히 삼년 전부터 폐 끼치지 않고 죽는 법을 궁리해왔다. 그건 내가 세상에서 제일 불행한 사람은 아니라는 뜻. 내가 정말 불행했다면 더 오래전부터 어떻게 죽으면 좋을지 연구했을 거야. 할아버지도 늘 말했잖아. 세상에 우리보다 딱한 사람은 얼마든지 있단다. 그러니까 누가 도와달라고 하면 힘닿는 대로 도와주어야 해. 덕을 쌓는 거란다. 네가 쌓은 공덕으로 저승에서 할아버지도 덕을 보고, 너희 엄마, 아빠도 덕을 보고……

그렇지만 할아버지, 나 정말 열심히 생각해봤는데 이제 보니까 나 같은 게 누구를 돕는다고 나서는 게 더 민폐인 것 같아.

한동안 주머니에 늘 넣고 다니던 것이 있어. 별건 아니야, 일년 전엔가 은행에서 뽑았던 777번 번호표. 왠지 행운의 상징 같잖아. 그걸 뽑은 날은 운이 대단히 좋다고 생각했어. 그날 처음으로 신용카드를 만들기도 했거든. 내가 신용카드를 만들 수 있다는 것 자체가 굉장한 일 아니야? 이제는 할아버지도 없어서 대신 돈을 갚아줄 사람도 없는 내가, 무이자할부를 기본 삼개월, 경우에 따라서는 무려 칠개월까지 쓸 수 있다니. 손이 약간 떨릴 정도로 무섭고 기뻤어. 은행 창구에 번호표를 넣는 작은 쓰레기통이 있었는데 못 본 척하고 번호표를 몰래 들고 나왔어.

일하는 동안에는 별 걱정이 없었어. 예금통장에 있던 돈을 체크카드로 쓰는 방식에서, 앞으로 내가 벌 돈을 신용카드로 미리 당겨쓰는 방식으로 바뀌었을 뿐이잖아. 지나치게 앞서가고 있다는 생각 같은 건 들지 않았어. 어차피 월급도 이번 달에 일한 대가를 다음 달에 받는 식으로 나오고 있으니까. 돈을 몇달씩 모아서 사야 하는 물건을 미리 사고 조금씩 갚을 수 있는 게 무척 좋았어. 내 방에는 원래 냉장고가 없었거든. 냉장고가 없어서 집에서 뭘 만들어 먹지 못하는 게 오히려 낭비잖아. 냉장고도 없이 어떻게 살았는지는 이제 생각도 나지 않는데, 그게 내 방으로 배송되던 날에 내가 얼마나 행복했는지는 똑똑히 기억나. 냉장고와 함께 이제 모든 것이 조금씩 좋아질 거라고 생각했어. 지금도 냉장고를 원망하는 마음 같은 건 조금도 없어.

나 정말 사치하지 않았다고 생각해. 그냥 살기만 했는데 빚이 늘어났어. 물론 전염병이 퍼지면서 일자리를 잃은 게 제일 큰 타격이긴 했지. 다행히 그달치 카드 값은 마지막 월급으로 갚을 수 있었지만 냉장고 할부는 석달이나 남아 있었어.

얼마 전부터 어렴풋이 생각해온 건데, 전염병이 퍼지지 않았어도, 그래서 내가 일자리를 잃지 않았어도, 나는 조금씩 더 가난해졌을 거야. 오랜 시간에 걸쳐 티 안 나게 조금씩 가난해질 수 있었는데 큰일이 생겨서 그 과정이 엄청나게 단축되었을 뿐.

어제 낮에도 나는 면접을 봤어. 오랜만에 단기 알바가 아닌 자리에 들어갈 기회여서 조금 들뜨기도 했고 붙고 싶은 마음이 굴뚝같기도 했어. 그런데 늘 부적처럼 쥐고 다니던 777번 번호표가 보이지 않는 거야. 어제 입었던 옷 주머니에 있거나 냉장고 자석 아래 붙어 있어야 하는데. 그걸 찾다가 지각할 뻔했어. 행운을 찾다 면접에 늦는 게 훨씬 바보 같은 짓이라는 것 정도는 아니까 이따 찾아야지, 포기하고 나갔어. 미리 코인세탁방에서 빨아둔 제일 화사하고 깔끔한 옷을 입고. 우리 집에는 세탁기도 없거든. 그동안 코인세탁방에 갈 돈을 모았더라면 작은 중고 세탁기 하나 정도는 살 수도 있었겠지만 내 방은 세탁기 놓을 공간이 애매해서……

그 나이까지 뭐 했어요?라고 했어. 면접관이라고 해야 할까, 그 회사에서 일하는 중간 직급 사람의 자리에서 등받이 없는 보조의자에 앉아 면접을 봤는데, 그 사람이 온 사무실에 다 들리도록 그렇게 말했어. 이력서 보니까 별거 안 하셨는데 어떻게 나이가 스물아홉이나 돼요? 아마 그 사람은 아무런 죄책감도 못 느꼈을 거야. 맞는 말을 했으니까. 울음을 참으면서 나오는 길에 주머니에 손을 넣었는데 종이 쪼가리가 잡히더라. 7자가 희미하게 새겨진, 찢어지고 뭉쳐져서 잘 펴지지 않는 번호표 조각.

내가 갚지 못한 카드 값은 삼백만원이 조금 넘어.

할아버지는 아마 몰랐겠지만, 신용카드에는 리볼빙이라는 게 있어. —카드 대금을 이번 달에 갚을 능력이 없다고요? 그럼 지금 갚을 수 있는 만큼만 갚으세요! 음, 한 20퍼센트 정도 어떠세요? 이 정도는 갚을 수 있죠? 그것도 무리예요? 할 수 없죠, 10퍼센트 정도는 어때요? 이 밑으로는 안 돼요. 좋아요, 남은 건 이자를 조금 붙여서 다음 달로 넘기죠, 뭐. 다음 달에는 분발하셔야 해요!— 그런 식이야. 굉장히 친절하게 들리지? 그런데 이상하게도 리볼빙 총 액수는 조금씩 조금씩 늘어나게 되어 있어. 어렵사리 구한 단기 알바로는 리볼빙 최저한도 빚을 갚기도 급했고.

리볼빙이라는 이름 때문인가. 보이지 않는 누군가와 러시안룰렛을 하고 있는 것 같았어. 할아버지, 러시안룰렛이 뭔지 알아? 여러 사람이 돌아가며 총알을 하나만 넣은 권총을 머리에 대고 방아쇠를 당기는 게임이야. 휴, 이번 달은 살았다. 총알이 발사되지 않았네. 하지만 과연 다음 달에도 무사할 수 있을까? 그런 조마조마한 심정. 쌓인 빚은 어차피 다 내가 쓴 돈이라서 누구에게 책임을 떠넘길 수도 없는데 언젠가 터져버릴 것 같은 생각에 늘 불안했어.

사람이 살아 있는 데에는 돈이 들어…… 그 단순한 사실을 깨닫는 데 너무 오래 걸린 것 같아.

고작 삼백만원을 갚을 능력이 없어서 죽을 생각을 한다고 하면 다들 한심하게 생각하겠지. 그런데 나는 이게 시작이라고 생각해. 처음 신용카드를 만들 때 내 카드 사용한도는 오백만원이었고 여전히 오백만원이야. 그런데 한

달을, 두달을 더 산다고 하면 무슨 의미가 있을까? 빚이 오백만원이 될 때까지, 총알이 발사될 때까지 기다려보는 것 말고 다른 의미가 있을까? 내가 생각해도 한심하긴 해. 삼백만원 때문에 죽는 사람이라니. 그래서 그런 거야, 내가 죽는 걸 아무도 몰라야 하는 건. 아무도 내가 왜 죽었는지 알 필요가 없으면 좋겠어. 알더라도 모른 척해주면 좋겠어. 안 그러면 내가 너무 부끄러울 것 같으니까.

오는 길에 편의점에서 산 수첩에 뭔가 남겨보려고 애쓰다 눈물을 뚝뚝 흘렸다. 두서없이 떠오르는 생각을 다 옮길 수는 없었다. 누군가 봐도 부끄럽지 않을 만한 말만 골라서 쓰다보니 할아버지 미안해 외에는 쓸 말이 없었고 이런 걸 써서 남겨놓는 것은 아무도 모르게 죽는 일과 거리가 멀지 않나 하는 생각도 들었으며, 아니 그렇지만 오늘 죽은 사람이 나인 걸 모르면 역시 아무도 모르게 죽는 게 맞잖아, 하는 생각도……

그보다 서두르지 않으면 곧 동이 트고 첫차가 다닐 테니 얼른 해치워야겠다는 생각이 들었다.

다행히 지나가는 차도 이제 정말 거의 없으니까,라고 생각한 순간 택시 한대가 쌩하고 지나갔다. 도대체 내 생각대로인 일이 하나도 없네. 뭐, 상관없어…… 이제 끝이니까……

허리를 굽혀 수첩을 내려놓고 천천히 돌아서다가 방금 지나간 택시가 아직 다리 위에 있는 것을 보았다. 게다가 점점 가까워졌다. 유턴해서 내가 있는 방향으로 돌아오고 있는 것이었다. 어어, 뭐야. 저래도 돼? 아무리 지나가는 차가 없다지만…… 혹시 나를 들이받으려고 오는 거 아니야? 그런 생각까지 들었지만 몸이 움직이지 않았다.

우물쭈물하는 사이 택시는 내 앞에 태연히 멈춰 섰다. 뒷좌석에서 내린 여자는 무릎까지 오는 하얗고 귀여운 드레스를 입고 있었고 구두와 머리장식까지 하얀색으로 착용하고 있었다. 뭐야, 천사?……를 코스프레……한 건가? 조금 전까지만 해도 의식도 되지 않던 다리 위의 가로등들이 온통 그 여자를 향해 스포트라이트를 비추는 것처럼 보였다. 눈부시게 하얀 여자가 말했다.

"당신은 지금 죽을 운명이 아니에요."

살짝 소름이 돋았다. 내가 죽으려는 건 어떻게 알았지? 라고, 당시에는 생각했기 때문에.

객관적으로 누가 봐도 죽을 것 같은 상황이었다는 것을 자각한 것은 조금 지나서의 일. 하지만 조금 지나서라는 것은, 자신을 아로아라고 소개한 그 여자가 그 시각 그 자리에 내가 있다는 것을 정확히 알고 찾아왔다는 것까지 이해한 시점을 말한다.

하지만 당시에는 아무것도 몰랐던, 그저 누군가 지금 내게 말을 걸어준 게 기적이라 생각했던 나는 울면서 물었다.

"내 운명에 대해 알아요?"

"그럼요."

정말 믿음직하고 다정한 목소리였다. 아로아는 다가와서 아주 소중한 것을 만질 때처럼 부드럽게 내 손을 감싸 쥐고 말했다.

"당신은 마법소녀가 될 운명이에요."

# 사상 최강의 마법소녀

"제가요? 마법소녀요?"

마법소녀라면 TV에서 본 적 있었다. 요술봉을 휘둘러 변신하는 소녀들이 떼로 나와서 괴수나 외계인을 물리치는 만화영화 같은 것 말고, 뉴스에 실제로 나오는 사람들 말이다. 초능력인지 마법인지 하여간 요상한 능력을 사용해서 범죄자를 소탕하고 재난 상황에 처한 시민들을 구조하는 사람들. 뭐가 다른가 하면, 뉴스에 나오는 마법소녀들은 만화영화에 나오는 것과 같은 상상의 산물과 대적하는 것이 아니라 현실적인 악 또는 불의의 사고들을 상대한다는 것 정도일까. 소환 능력을 이용해 은행 강도를 잡거나 염동력으로 연쇄 추돌 사고를 멈추는 식으로.

기왕 원래 있는 콘텐츠에서 이름을 빌려올 거라면 슈퍼히어로라고 불렀어도 좋았을 그들을 마법소녀라고 부르는 까닭은 내가 알기로 두가지였다. 첫째, 그들 스스로 그렇게 불리기를 원했음. 둘째, 실제로 소녀들에게만 마법의 힘이 생기는 것으로 알려짐. 그러니까……

"저는…… 마법소녀가 되기에는 나이가 좀 많을 것 같은데요?"

택시는 빠르게 그러나 부드럽게 다리를 벗어나고 있었고 천사 같은 모습으로 나타나 나를 옆자리에 태운 여자는 핸드백에서 뭔가를 꺼내고 있었다. 핸드백은 여자가 입고 있던 옷과 마찬가지로 온통 하얀색이었고 동전지갑처럼 맞물려 잠기는 주둥이가 달려 있어서 닫을 때 탁, 하고 야무진 소리가 났다. 여자는 나를 향해 돌아앉으며 물었다.

"저는 몇살 같은데요?"

"몇살이신데요."

"비밀이에요."

하얀 마스크 너머 여자의 웃음이 투명하게 보일 듯했다. 진작부터 이상한 사람인 줄은 알았지만…… 황당했다. 여자는 명함을 내밀었다.

"저는 이런 사람이에요."

———————

전국마법소녀협동조합
간사 아 로 아

———————

물론 명함에 나이 같은 것은 적히지 않았다.

"활발하게 활동 중인 마법소녀들이 대부분 소녀인 것은 맞아요. 그렇지만 모든 마법소녀가 정말로 소녀는 아니기도 하고요. 외견상 반드시 소녀여야 각성하는 것도 아니고, 소녀 시절에 각성했더라도 계속해서 나이를 먹기 마련이니까요."

하긴 한국에서 제일 오래 활동한 마법소녀는 이미 할머니라고 불러도 좋을 나이라는 얘기를 들은 기억이 있었다.

"애초에 언제부터 언제까지를 소녀라고 불러야 맞죠?

초경을 해야 소녀인가요? 초경을 하면 더이상 소녀가 아닌가요? 키가 160센티미터를 넘으면 어른이 되나요? 백육십까지 자라지 못하는 사람도 많은데요? 몸은 물론 마음의 성장도, 모든 사람의 소녀 시절이 조금씩 다르지 않나요?"

그런가. 그러고 보니 나의 소녀 시절은 몇살 때부터 몇살 때까지였지? 언제부터였다고 잘라 말하기는 어려웠지만 그 시절이 끝난 것이 언제인지는 정확히 알 것 같았다. 삼년 전, 할아버지가 돌아가셨을 때. 따지고 보면 그때도 이미 일반적인 의미에서 소녀라 하기에는 나이가 많았지만, 적어도 그때까지 나는 스스로를 전혀 어른이라 여기지 않고 지냈다. 그래도 됐기 때문이다.

"큰 힘에는 큰 책임이 따른다고 하지요. 마법소녀들에게는 복잡한 일이 많이 있어요. 가령 활동 과정에서 일어난 기물 파손의 책임 소재나 보험사의 가입 거절 문제 같은 것들 말이죠. 성인 마법소녀의 경우에는 더하죠. 앞서 말씀드린 사례들의 경우 법정대리인이 될 수 있는 성인 보호자가 어느 정도 도움을 줄 수 있지만, 성인 마법소녀들은 모든 것을 스스로 해결해야만 해요. 그래서 연대체가 필요했죠."

보험 얘기가 나와서 그런 건지 말을 술술 잘해서 그런 건지, 아로아야말로 내게 보험을 영업하려는 것처럼 보였다.

"그게 저랑은 무슨 상관인데요?"

"연대체를 구성한 김에 새로운 마법소녀의 교육, 나아가 마법소녀 후보의 물색도 시작했으니까요."

아로아는 다른 손에 쥐고 있던 물건을 보여주었다. 거울이 달린 콤팩트처럼 생긴 그 물건은, 테두리가 무지개색으로 빛나고 있었고 거울에는 내 얼굴이 비쳤다.

"이게…… 뭐 어쨌다고요?"

"이상한 점 못 느끼겠어요?"

아로아는 거울의 각도를 이리저리 달리하며 되물었다. 그러고 보니 거울에 비치는 내 얼굴은 당장의 내 얼굴이 아니었다. 한참 동안 질질 짜서 붉게 물든 눈도, 퉁퉁 부은 얼굴도 아니었고, 무엇보다 마스크를 쓰고 있지 않았다. 보자마자 이상한 점을 눈치채지 못한 게 바보 같을 정도로 멀쩡한, 평소의 내 모습이었다. 잘 나온 증명사진 같은 내 얼굴이 아로아의 거울 속에 박혀 있었다.

"이건 저의 마구(魔具)예요. 아로아미러라고 부르죠."

"왜…… 여기 제 얼굴이 있죠?"

"당신이 마법소녀가 될 운명이라는 증거예요."

아로아는 다리 위에서 그랬듯이 내 손을 잡으며 말했다.

"이게 저의 능력이고요."

자연스럽게 손을 잡는 거? 아니면 거울에 모르는 사람 모습을 띄우는 거? 아로아의 눈과 아로아의 거울과 아로아에게 잡힌 손을 한번에 볼 재주가 없어서 이리저리 눈을 굴리고 있는 사이, 아로아는 목을 흠흠 가다듬고 말했다.

"정식으로 소개할게요. 예언의 마법소녀 아로아입니다. 직책은 간사, 현재 맡은 임무는 사상 최강의 마법소녀를 찾는 것입니다."

아로아의 거울로는 그 순간의 내 표정을 확인할 수 없었지만 (그런데도 왜 거울이라고 생각했을까? 그것도 별일이다) 아마 내 얼굴에는 **그게 뭔데, 어떻게 하는 건데,**라고 쓰여 있었을 것이다. 하지만 아로아의 다음 말을 듣는 순간 모든 것이 이해되는 듯한 기분이 들었다. 바로 지금 이 순간만이 아니라 이 순간에 이르기까지의 내 인생의 모든 요소, 그 하나하나의 빌드업이 모조리 다.

"우리는 시간의 마법소녀야말로 사상 최강의 마법소녀가 될 거라고 믿고 있어요."

천직이라는 말이 있다. 어떤 사람이 어떤 일을 너무 잘해서 그 일을 하려고 태어난 사람처럼 보일 때 쓰는 말. 소녀 시절 나의 꿈은 시계를 만드는 사람이었다. 실은 여전히 늦지 않았다고도 생각한다.

인터넷 검색을 해봤더니 시계 만드는 일을 하려면 시계 디자이너가 되어야 한다고 했다. 단지 부품을 조립하는 게 아니라 세상에 없던 시계를 내가 구상하고 새로 만드는 일이란 말이지? 진짜 멋있다. 꼭 그 일을 해야지.

할아버지가 금은시계방 사장이었으니 나름대로 가업을 이을 방법을 찾은 셈이기도 했다. 중학교에 다닐 무렵부터 이미 어깨너머로 배운 재주로 시곗줄이나 시계밥 정도는 갈 줄 알았다. 고등학생이 되었을 즈음에는 조금 손이 많이 가는 작업에도 눈이 트였는데, 아무리 예민하고 눈 밝은 손님이라도 시계를 고친 사람이 실은 할아버지가 아니고 나라는 사실을 알아채지 못하는 게 재미있어서 손님 등 뒤에서 할아버지와 하이파이브를 한 적도 꽤 된다.
할아버지, 나는 시계가 너무 좋아. 시계를 보고 있으면 그냥…… 그게 세상의 전부 같아. 세상 그 자체 같아. 아무리 작은 시계라도 그래.

할아버지 가게에 앉아 있으면 세상의 모든 시간을 가진 부자가 된 것 같은 기분이 들었다. 벽에도 진열장에도 시계가 잔뜩 있었으니까. 그중에서도 내가 제일 좋아한 시계는 계산대 맞은편에 붙어 있는, 다섯개의 시계로 구성된 세계시간 표시기였다. 서로 다른 각도로 그러나 동일하게 일정한 속도로 움직이는 열다섯개의 바늘은, 지구 어디에서도 시간이 쉬지 않는다는 사실을 말도 없고 끊임도 없는 방식으로 전하고 있었으니까.

할아버지는 일본에 있는 동아시아에서 최고라는 주얼리스쿨에 대해 알려주었다. 십대 내내 나의 목표는 그 학교에 가는 거였다. 할아버지도 물심양면으로 돕겠다고 했다. 그렇지만 시계 디자이너가 되고 싶은 사람은 할아버지가 아니고 나니까, 내가 열심히 하는 모습을 보여줘야 한다고도 했다. 당연하지! 정말이지 내가 생각해도 열심이었다. 일본어 공부는 물론, 푼돈이지만 학비나 생활비로 쓸 돈을 모아보기도 했으며 틈틈이 할아버지 가게 일을 돕는 것도 게을리하지 않았다. 학창 시절 담임선생님들은 내 생활기록부에 이런 말들을 써주었다. "학교 교과 공부에는 큰 흥미를 보이지 않으나 성실하고 예의 바르며 목표의식이 뚜렷한 학생입니다." 그래도 할아버지는 나를 천재라고 불렀다. 그거면 충분했다. 내가 세상에서 제일 존경하고 좋아하는 우리 할아버지가 나한테 천재라고 했으니까, 나는 천재.

그래서 아로아가 하는 말은 정확히 나를 향한 것처럼 여겨졌다. 지금껏 시계를 만들기 위해서 태어난 줄 알았던 내가, 사실은 시간을 통제하는 능력을 지닌 마법소녀가 될 운명을 타고났다는 건, 누가 봐도 말이 되는 이야기 같았다. 너무나 앞뒤가 잘 들어맞는 이야기라서, 아주 정교한 수리 작업 끝에 초바늘이 톡, 하고 움직이는 소리를 들었을 때와 같은 쾌감이 느껴졌는데, 심지어 그 이야기의 주인공이 다름 아닌 나라면……

너무 설레서 방금 전까지 죽으려 했던 것마저 깜빡 잊어버릴 뻔했다.

“시간의 마법소녀라고요?”

재차 물은 까닭은 내가, 다른 누구도 아닌 내가 그렇게도 중요한 사람이라는 말을 더 듣고 싶어서였다. 그리고 아로아는 내 기대를 저버리지 않았다.

“네, 시간을 통제할 수 있는 사람이야말로 사상 최강의 마법소녀가 될 거예요.”

줄곧 내 손을 잡은 채 아로아는 말했다.

“아직 각성하지 않은 마법소녀를 찾아낼 수 있는 건 오로지 예언의 마법소녀인 저뿐이고, 저의 거울이 당신을 보여준 거예요. 그 어느 때보다도 뚜렷한 상으로 당신이 나타났단 말이에요. 이게 다 무슨 의미인지…… 이제 알겠어요?”

지금까지 지구에 태어났던 인간을 다 합치면 천억명이 넘는다고 한다. 이 얘기를 들은 게 십여년 전이니까 지금은 누적 인구가 훨씬 더 늘어났겠지. 아마도 죽은 사람의 수 또한 천억명이 넘을 것이다. 그러니까 결심대로 죽는 일에 성공했어도 나는 겨우…… 천억 하고도 수억번째로 세상을 떠난 사람이 되었을 거다. 별로 웃을 일이 아니라는 것은 알지만 동시에 또는 아주아주 미세한 간격만을 두고 마라톤 결승선을 통과하듯 어떤 지점을 지나가는 수천만명의 사람들을 상상해보면 묘한 재미를 느낄 수 있었다. 아마도 내 등수는 엄마, 아빠와는 물론 할아버지와도 엄청난 차이가 나겠지. 우리들의 사이에는 수억, 수십억명이 있을 거라서, 다시 서로를 찾는 게 쉽지 않을 것이다.

어차피 일등도 꼴찌도 될 수 없다면 그렇게 서두를 필요도 없을지 모른다는 생각을 했다는 얘기다.

택시에서 내려 집에 들어와 문을 닫은 직후, 등으로 문을 닦다시피 하며 그 자리에 스르륵 주저앉았다.

할아버지, 내가 마법소녀래.

시간의 마법소녀. 사상 최강의 마법소녀.

그게…… 나라고?

정신을 차리고 일어나 냉장고 자석으로 아로아의 명함

을 고정해두었다. 행운의 상징 777번 번호표를 붙여두던 자리에. 반지하 창으로 스미는 아주 희박한 새벽빛에 아로아의 이름이 반짝 빛났다.

그건 마치 마법이 이미 시작되었음을 알리는 신호 같았다.

# 지속 가능한 마법소녀

사흘이나 지나서야 아로아에게 전화를 걸었다. 그 사흘 동안 뭘 했느냐고 물으신다면…… 아무것도 안 했다. 가끔 마법소녀에 대한 뉴스를 검색해보기도 하고 참을 수 없이 배가 고파지면 냉장고를 파먹기도 했으니까 엄밀히 말해 아무것도 안 했던 건 아니지만, 앞으로의 삶을 위한 노력 같은 건 정말로 하나도 하지 않았다.

그런데도 전화를 거는 데 사흘이나 걸린 이유는 영 용기가 나지 않아서였다. 아로아는 장차 내가 얼마나 대단한 사람이 될 것인지에 대해서 말해줬지만 아무려나 그건 아직 일어나지 않은 일이었고, 아무것도 아닌 채로 전화를 걸기에는 역시 조금 쑥스럽고 염치없는 느낌…… 하지만 정확히 같은 이유에서 아로아가 필요하기도 했다. 도대체 마법소녀가 되려면 어떻게 해야 하는 거야. 이제부터 나는 마법소녀야,라고 선언하는 것만으로 되는 일은 아닐 텐데. 물론 내게 그 소질이 있다는 사실을 알려준 것만으로 감사하긴 했지만, 그다음을 가르쳐줄 사람 역시 간절히 필요했다.

예언의 마법소녀인 아로아는 내가 이럴 거라는 사실을 어느 정도는 알고 있었겠지? 전화를 걸까 말까 고민하는 데만 사흘이나 써버릴 거라는 사실을.

용기에 대해서라면 나는 마치…… 다 쓴 치약 튜브 같았다. 몸과 마음 구석구석에 아주 조금씩 남아 있는 것들을 쥐어짜내지 않으면, 중요한 말을 입 밖으로 내보낼 수 없는, 애써 쥐어짜낸 것조차도 퐁, 하고 엉뚱한 방향으로 튀어나가 칫솔 대신 세면대에 떨어져 낭비되어버리는.

"기다리고 있었어요."

전화를 걸자 아로아는 여보세요,가 아닌 말로 통화를 시작했다. 조금 고마웠고 꽤 당황스러웠다. 그래서 그런가,

사흘간 연습했던 말 대신 엉뚱한 소리를 내뱉었다.

"마법소녀가 되면 뭐가 좋아요?"

말하고서야 진짜 고민이 무엇이었는지 나도 깨달았다. 나를 사흘이나 끙끙 앓게 한 문제는, 어떻게 해야 마법소녀가 될 수 있을지가 아니라 마법소녀 같은 게 되거나 말거나 신용카드 리볼빙 빚 삼백만원은 그대로라는 것. 그대로 삼백이면 오히려 고맙겠지만 사실은 지체할수록 조금씩 늘어난다는 것.

"지금 데리러 갈게요."

"네?"

그건 내 질문에 대한 답이 아닌데요.

"말했잖아요, 기다리고 있었다고. 필요한 걸 보여줄게요. 분명 마음에 들어할 거예요."

아로아가 나를 처음 발견해 집에 데려다준 날에도 어렴풋이 생각했듯, 아로아처럼 잘 차려입은 사람이 우리 집처럼 낡은 건물 반지하로 내려와 손수 문을 두드리는 건 조금 이상한 일 같았다. 어쨌든 아로아는 십분 만에 나타났고 나는 허둥지둥 씻고 옷을 갈아입었다. 집에 밴 나의 생활의 냄새가 전혀 마법적이지도 소녀스럽지도 않을 것 같아서 부끄러웠다.

사흘 만에 확인한 바깥 날씨는 이상했다. 해가 떠 있는데도 묘하게 우중충했고, 햇살이 그렇게 강한 것도 아닌데 후텁지근했다. 아무리 늦봄이라지만 이렇게 더워도 되는 거야? 긴장으로 조금씩 습해지는 겨드랑이를 괜히 의식하며 아로아를 따라 택시를 탔다.

"마법소녀가 되면 뭘 할 수 있는지 알려줄게요."

이제는 패턴을 조금 알 것 같다는 생각이 들었다. 내 손을 살포시 감싼 채로 다정하고 알쏭달쏭한 말을 하는 아로아. 일어나는 사건의 내용을 반 정도만 이해한 채로 분위기에 휩쓸려 아로아를 따라가는 나.

"그건 꼭 어디로 가야 알 수 있는 거예요?"

집에서 커피라도 마시면서 조용히 대화를 나누면 안 되는 거냐고요. 내 방에는 대접할 만한 커피도 차도 없기는 하지만.

"운이 좋지 뭐예요. 마침 오늘부터 직업 박람회가 열리거든요."

직업 박람회? '마법소녀' 자체는 직업이 아니었나? 아로아는 그저 웃고 있었고 그 웃음은 내 혼란을 이해했다는 의미로도, 전혀 눈치채지 못했다는 의미로도 해석할 수 있을 것 같았다.

"이 사람들이 전부 마법소녀예요?"

"그렇지는 않아요. 마법소녀도 있지만 마법소녀를 지원하는 에이전트들이 더 많죠. 마법소녀나 에이전트를 지망하는 사람들은 그보다 더 많고."

콘퍼런스홀은 그리 크지 않았지만 작지도 않았다. 모르긴 해도 크고 작은 부스 수를 전부 합치면 백개는 넘을 것 같았다. 바깥에는 이 홀에 들어오려는 사람들이 줄지어서 있기도 했다. 현역 마법소녀인 아로아의 VIP 패스 덕에 나는 줄을 서지 않고도 입장할 수 있었다. 이것도 냉장고에 붙여놔야지. 손을 소독한 다음 채워주는 종이팔찌를 쓰다듬으면서 생각했다.

"제일 진입하기 쉬운 직종은 역시 현상금 헌터겠죠. 저도 전마협에서 일하기 전에는 헌터팀에 있었어요."

입구 가까운 곳에 위치한 커다란 부스를 가리키며 아로아가 말했다. 현상금 헌터 에이전트 부스였다. 인기 있는 마법소녀들의 등신대 패널 옆에서 사람들이 사진을 찍고 있었다. 그렇구나, 뉴스에 나온 마법소녀들이 사건 사고를 막은 건 꼭 이타적인 이유에서는 아닐 수도 있겠구나. 이 일이 돈이 되는 원리를 처음으로 깨달은 것 같아서 기분이 묘했다.

"아로아의 능력은 싸움과는 상관없지 않아요?"

"현상금이 걸려 있는 범죄자들은 제압하는 것보다 찾아내는 게 더 큰일이니까요."

아로아는 방실방실 웃으며 주먹을 앞으로 뻗어 보였다.

"그리고 나, 잘 싸워요. 보통 사람과 싸우는 데 꼭 마법이 필요하진 않잖아요? 편리하긴 하지만."

자세며 주먹의 속도가 장난 같지 않아서 나도 모르게 고개를 끄덕였다.

"마법소녀 경호원도 인기가 좋죠. 난도에 비해 연봉이 높은 편이어서 현상금 헌터보다 선호도가 높아요. 그렇지만 보통 헌터로 경력을 쌓은 다음에 이직해요. 우선 현장에서 능력을 검증해야 한다는 거겠죠."

아로아가 가리킨 마법소녀 경호원 에이전트 부스 맞은편에는 공교롭게도 '마법소녀 사유화에 반대하는 모임'도 있었다. 내가 그쪽을 보고 있다는 사실을 눈치챈 아로아는 내 어깨를 감싸 돌려세웠다.

"그쪽은 종교단체예요."

"위험한 곳인가요?"

"아직까지 위험하다고 볼 순 없지만, 마법소녀를 신격화하는 게 건강한 믿음은 아니기도 하잖아요? 마법소녀가 되는 건 조금 보기 드문 자격증 하나를 따는 거나 마찬가지인데. 변호사나 플로리스트를 숭배한다고 생각해봐요. 이상하지 않아요?"

듣고 보니 그래서 얼른 고개를 끄덕였다.

"종교색을 빼고 생각하면 전마협의 입장과 일맥상통하는 주장이긴 해요. 마법소녀의 힘은 개인을 위해서 쓰여서는 안 된다는 거. 왜냐하면 노력으로 주어진 게 아니니까."

끄덕이던 고개가 점점 느려졌다. 노력으로 주어지는 게 아니라면 자격증 취득과는 역시 다르지 않나…… 그렇게 생각한 순간 마법소녀 학원 부스가 눈에 들어왔다.

"그러면 학원에서는 뭘 가르쳐요?"

"마법소녀로 각성하는 법을 가르쳐주고 능력을 잘 사용하는 법을 알려주겠죠. 잘은 모르겠네요, 조합원 중에도 마법소녀 학원에서 강사로 일하는 사람들이 있긴 하지만. 마법소녀의 자질이 없는 사람더러 노력하면 될 수 있다고 사기를 치는 건 아니라고 들었어요. 입학 테스트로 재능을 평가하고, 안 되겠다 싶으면 불합격을 주는 거죠. 정 관련 업종에서 일하고 싶다 하면 에이전트 과정을 권하거나."

"저도 저기 다녀야 하지 않을까요?"

말하고서야 학원비 생각이 났다. 그렇지만 내겐 아로아가 보증하는 마법소녀의 자질이 있고, 일단 마법소녀로 각성하고 나면 할 수 있는 일이 생각보다 많다고 하니 그쯤은 대수롭지 않을 거라는 생각도 들었다. 아로아는 지금까지처럼 방긋,이 아니라 깔깔 소리 내서 웃었다.

"비둘기나 독수리가 참새에게 나는 법을 배울 수는 있겠죠. 나는 법을 정 모르면 그럴 수 있어요."

나로서는 뭐가 그렇게 웃긴지 이해할 수가 없어서 기분이 조금 상했다. 아로아는 너무 웃어서 고인 눈물을 닦아내면서 말했다.

"그렇지만 페가수스나 드래곤은 참새한테 배울 게 없어요."

끝까지 듣고 보니 칭찬 같기는 했지만 여전히 알쏭달쏭했다. 아로아는 내 손을 부드럽게 잡아끌었다.

"따라와요. 조금 있으면 전마협에서 중요한 발표를 할 거예요."

손을 잡힌 채로 콘퍼런스홀 중앙까지 가보니 커다란 프레젠테이션 스크린이 있었다. 전국마법소녀협동조합에서 준비한 '지속 가능한 지구와 마법소녀'라는 심포지엄이 곧 시작될 거라는 음성 안내가 흘러나왔다. 아로아는 망설임 없이 스크린 바로 앞까지 나를 끌고 가서 전마협 요직 인사들로 보이는 마법소녀들에게 나를 소개했다. 제가 말했던 그 사람이에요, 아로아가 그렇게 말할 때마다 상대방은 어머 어머 하면서 나를 쳐다보고 양손을 모아쥐었다. 좀더 좋은 옷을 입고 나올걸, 좀더 공들여 오래 씻을 걸, 속으로 그런 생각을 하며 어색한 웃음을 지었다.

진행자로 추정되는 마법소녀가 연단에 올라섰다.

"전국마법소녀협동조합 주관 제3회 마법소녀 직업 박람회 주제 심포지엄 '지속 가능한 지구와 마법소녀'를 시작하겠습니다. 우선 오늘의 연사를 소개하도록 하겠습니다. 먼저 전마협 의장이자 한국인 최초 마법소녀……"

소개의 말이 끝나기도 전에 무대 위에 문이 하나 나타났다. 거기에서 흰 티셔츠와 검정색 트레이닝 바지를 입은 사람이 나왔다. 사람들이 박수를 쳤다. 우와…… 이건 마법소녀이니까 가능한 퍼포먼스겠지? 나도 손뼉을 치면서 생각했다. 진행자가 당황하며 수습하기 전까지는.

"여러분, 이분은 전마협 의장이 아닙니다. 공간의 마법소녀 최희진씨입니다."

박수 소리가 웅성거림으로 바뀌었다. 최희진은 진행자에게 마이크를 달라는 손짓을 했다. 스태프 한명이 무선 마이크를 가져다주었다.

"아 죄송. 지금 마법소녀가 제일 많은 곳이 어딜까 생각하면서 왔더니 너무 눈에 띄는 곳에서 튀어나와버렸네요.

용건만 말할게요. 마법소녀 딱 세분만 나오세요. 테러리스트 잡으러 갑시다, 이상."

최희진은 팔을 쭉 뻗고 마이크를 떨어뜨렸다.

# 마법소녀가 싸우는 법

이용객들이 거의 다 빠져나간 공항은 먹먹한 고요로 꽉 차 있었다. 사람들이 대피하며 지른 비명이 아직 귓전에 남아 왕왕 울리는 것 같아서 심장이 세차게 뛰었다. 공항이라는 장소에 한번도 와본 적이 없어서 여러모로 원래 이런가 (원래 이렇게 거대한가? 원래 벽이 다 유리로 되어 있나? 원래 모든 안내문이 영어로 적혀 있나?) 하는 생각도 들었다. 군데군데 눈에 띄는 파손된 기물들은 테러보다는 대피 소동의 흔적일 터였다.

최희진은 굿노래를 부르며 허공에 문을 만들더니 그 문 안으로 들어갔다가 곧 다시 나왔다.

"여기서 활동하는 애들한테 물어보니까 사람들은 거의 다 대피시켰는데 폭발물을 아직 못 찾았다네요? 언니들은 폭탄 찾으면 될 듯."

"여기서 활동하는 애들이라는 게 누구예요?"

나는 아로아에게 작은 소리로 물어보았는데 대답한 건 희진이었다.

"영국 애들이지 누구야. 언니는 누군데요?"

"제가 데려왔어요. 이것도 좋은 견학이 될 것 같아서요."

나를 대신해 아로아가 나섰다. 아니 잠깐, 지금 그게 중요한가. 여기가 지금 영국이라고? 김포공항에도 한번도 못 가봤는데 내가 지금 영국 공항에 있다고? 어쩐지 안내 표시가 전부 영어로 되어 있더라니. 아로아는 내 어깨를 짚으며 힘주어 말했다.

"걱정하지 말아요. 무슨 일이 있으면, 내가 지켜줄게요."

당신…… 예언의 마법소녀잖아요. 위급 상황에서 무슨 수로 날 지켜준다는 거예요…… 그렇게 대꾸하고 싶었지만 그 말을 하는 아로아의 눈이 반짝반짝 빛나는 바람에 아무 말도 할 수 없었다. 내가 하고 싶던 말은 최희진의 입에서 좀더 신랄한 모양새로 튀어나왔다.

"견학?"

"네, 견학."

"지켜줘?"

"네, 제가 지켜줄 거예요."

눈을 부라리며 묻는 최희진과 생글생글 웃으며 대꾸하는 아로아 사이에서 불꽃이 튀는 게 느껴졌다. **누구 내 입장 궁금하신 분은 없나요?** 나는 그냥 사라지고 싶거든요…… 해외에는 난생처음 나와보는데 이런 상황인 거, 나도 전혀 달갑지 않다고요.

"언니 예언의 마법소녀 아니에요?"

"맞아요."

"이게 장난 같아요?"

"전혀요."

최희진의 날 선 질문들을 아로아는 가볍게 막았다. 약이 바짝 오른 희진의 어깨가 점점 솟아오르다 푹 꺼졌다.

"수천명 목숨이 달린 일에 견학은 무슨 얼어 죽을 놈의…… 됐다. 급하다고 인원 확인도 안 하고 데려온 내 탓이지."

그러는 당신은 방금 전까지 콧노래 부르고 있었잖아…… 나도 따라오고 싶어서 따라온 게 아니라고. 최희진은 항복 표시를 하듯 양손을 번쩍 들고 고개를 저었다.

"아 됐어. 이럴 시간 없고요. 역할 분담이나 합시다. 테러단이 비행기 못 띄우게 해서 지금 활주로에 사람 꽉 찬 비행기 몇대 있거든요? 뜨지도 못하고 내리지도 못하고. 저는 대피시키러 갈 테니까 언니들은 현지 애들이랑 폭탄 찾아요. 테러리스트 잔당은 알아서 처리하시고. 이따 합류할게요, 이상."

최희진은 잠깐 사라졌다가 커다란 공간이동문을 만들어 장난감 자동차(아로아에게 물어보니 공항에서 사용하는 전동 카트라고 했다) 같은 것 두대를 우리 쪽으로 밀어주더니 아주 가버렸다. 남은 사람은 나와 아로아 그리고 나와는 초면이나 다름없는 마법소녀 두명. 꽃무늬 원피스를 입고 선글라스를 쓴 사람이 선글라스를 머리 위로 올리며 말했다.

"저는 혼자 움직이는 게 좋을 것 같아요. 무슨 일 있으면 연락할게요. 먼저 갑니다."

나중에 알게 된 것이지만 그 사람은 향기의 마법소녀 차민화였다. 향기…… 같은 것이 주된 능력이면 더더욱 혼자 다녀서는 안 되는 거 아닌가, 하고 나는 생각했지만, 마비향이나 환각향 등을 사용하기 때문에 다른 마법소녀들이 휩쓸리지 않게 늘 단독으로 움직이는 편이라고 아로아는 설명해주었다.

"우리도 가볼까요."

아로아와 나머지 마법소녀 한명이 앞좌석에 타고 나는 뒤에 앉은 채로 출발했다. 예언의 마법소녀와 아직 마법소녀도 아닌 내가 살아남으려면 나머지 한명이 무지막지하게 강해야 할 것 같았는데, 그 나머지 한 사람은 일단…… 키가 엄청나게 작았다. 왜소증이라고 하던가. 뒤통수 꼭대기가 아로아 어깨선에 미칠까 말까 했다. 우리는 한동안 별 대화 없이 공항 안을 느릿느릿 달렸다. 이 사람, 말도 별로 없는 편이구나. 나도 아무 말 않고 있으면서 그런 생각도 속으로 했다. 하도 어색해서 차라리 테러리스트라도 나와줬으면 하는 생각이 들 지경이었다.

"마법소녀는 모두 다른 능력을 가지고 있다는 거, 알고 있지요?"

역시나 가장 먼저 입을 연 쪽은 아로아였다. 나는 어쩐지 대답하기가 싫어서 고개를 끄덕이기만 했다. 아로아는 운전을 해야 해서 내가 끄덕이는 걸 제대로 보지 못했을 텐데도 계속 말했다.

"모두 능력이 달라서 다른 사람의 능력은 작은 것으로 보일 수도 있어요. 실제로 작은 능력들도 있고요. 하지만 능력을 어떻게 사용하는가에 따라 다른 결과를 낼 수 있죠."

아로아는 차를 멈춰 세웠다. 통유리창 밖으로 활주로가 보였다. 여기가 외국이긴 한가보다, 아까 한국은 서너 시쯤이었던 것 같은데 여기는 거의 아침 같네. 한국이 영국보다 아홉시간 빠르다고 했던가. 나는 할아버지 시계방의 세계시간 표시기를 떠올렸다. 멀리, 또 가까이에 나란히 서 있는 비행기들이 다 장난감처럼 보여서 지금이 테러 경보 상황이라는 게 전혀 실감 나지 않았다.

"예언 능력이 실전에서 별 쓸모가 없는 건 사실이에요."

딴생각에 잠겨 있던 나는 아로아의 말에 조금 정신을

차렸다. 할 말이 많은 모양이었다. 아까 최희진이 한 말이 역시 마음에 남아 있었나보다.

"그렇지만 언제 어디에 있어야 하는지 아는 건 상당히 중요한 능력이죠. 제게는 가능한 미래가 동시에 몇가지씩 떠올라요. 지금 같은 경우에는 우리가 테러 진압에 실패하는 경우가 몇가지, 부분적으로 성공하는 경우가 몇가지, 대성공하는 경우가 한가지. 이건 일단은 제게만 보이는 미래이고, 다른 사람에게 보여줘야 할 때는 아로아미러를 사용하죠."

그 거울에 그런 기능도 있구나. 여전히 창밖의 풍경에 정신이 팔려 아로아의 말은 조금 건성으로 들으면서 생각했다. 조용히 듣고 있던 키 작은 마법소녀가 물었다.

"지금은 대성공 상황에 얼마나 가까운가요?"

"사실 이번에는 대성공 루트와 대실패 루트가 중간까지 거의 비슷해요."

"저……"

두 사람이 중요한 대화를 나누고 있다는 것은 알지만 끼어들지 않을 수 없었다. 계속 창밖을 바라보던 내게는 보였으니까. 비행기 한대가 우리 쪽을 향해 다가오고 있는 광경이. 공항에 와본 적도 없고 당연히 비행기도 타본 적 없어서 확신은 없지만, 저 비행기가 날아오르려는 게 아니라 이쪽을 들이받으려 한다는 건 느낌으로 알 수 있었다.

"네, 바로 지금."

아로아가 키 작은 마법소녀를 향해 고개를 끄덕였다. 소리가 나지 않아서 실감도 그만큼 적었지만 창밖의 움직이는 비행기는 더이상 장난감처럼 보이지 않는 위치까지 다가와 있었다. 키 작은 마법소녀는 카트 밖으로 폴짝 뛰어내렸다. 한순간 카트 위로 거대한 그늘이 드리웠고, 이윽고 와장창 소리를 내면서 통유리창이 깨졌다.

눈으로 보면서도 믿을 수 없었다.

우리가 타고 있는 카트만큼 커다란 주먹이 유리벽을 깬 것이었다. 그 주먹의 주인은 방금 전까지 내가 키 작은 마법소녀라고 생각하던 사람이었고, 그 사람은 자기가 깨뜨린 벽 바깥으로 또 폴짝 뛰어내리더니, 순식간에 주먹의 크기에 맞는 비율로 몸집을 키웠다. 맹렬한 속도로 다가

오던 비행기는 다시 장난감처럼 보이게 됐다.

"엇차."

거대 마법소녀는 비행기를 들어 힘들이지 않고 휙 집어 던졌다. 잡았던 잠자리를 놓아주는 사람 같았다. 아로아와 나의 고개가 동시에 젖혀졌다. 구장 밖으로 튕겨 나가는 홈런볼을 보는 사람들처럼. 먼 하늘에서 비행기가 펑 터졌다.

나중에 뉴스를 보고서야 알았다. 우리가 갔던 공항은 런던의 히드로공항이고 그날 최희진은 승객 수백명의 대피를 도왔으며 차민화가 테러리스트 잔당을 진압하는 데에 결정적인 역할을 했다는 것. 키 작은 마법소녀의 이름은 안수빈이고 그 자신의 희망에 따라 거인 또는 거대 마법소녀가 아니라 성장의 마법소녀로 불린다는 것. 안수빈이 집어던진 비행기에는 폭약이 가득 실려 있었기 때문에 만약 안수빈의 손안에서 터졌다면 팔 전체가 날아갔으리라는 것.

그리고 영국 정부에서 결정적인 공을 세운 한국의 마법

소녀들에게 감사하다며 표창과 격려금을 전달했다는 것!

따지고 보면 나는 아무것도 한 게 없었지만 아로아가 나도 격려금을 나눠 받아야 한다고 강력하게 주장해서 같이 전마협 사무실을 방문하기로 했다. 이제는 당연하다는 듯 아로아가 나를 데리러 왔고 택시 뒷좌석에서 우리는 내내 손을 잡고 있었다.

"기분이 어때요?"

"얼떨떨해요. 제가 받아도 되는 돈인지 모르겠고."

공로순으로 나누었기 때문에 내 몫으로 돌아올 격려금 액수는 그리 대단치 않았지만 섭섭할 정도도 아니었다.

"당연히 받아야죠. 견학이 아니었다면 나도 가지 않았을 거고, 내가 가지 않았다면 수빈씨가 적재적소에서 비행기를 날려보낼 수도 없었을 테니까. 인명피해는 거의 없었겠지만 공항은 손쓸 도리 없이 망가졌을 거예요."

한편 내게는 그 돈이 꼭 필요했다. 아로아에게 신용카드 리볼빙이라는 개념에 대해 알고 있는지 묻고 싶은 충동을 느꼈지만 꾹 참았다. 대신에 나는 다른 얘기를 했다.

"약간 신데렐라 같은 기분도 들어요. 집에 돌아오면 마법이 풀리는 기분이요."

우리가 도착한 곳은 종로의 크고 오래된 건물이었다. 마법소녀들보다는 바둑 동호회 할아버지들에게 더 잘 어울리는 공간 같았다. 아로아는 내가 지나갈 수 있도록 유리문을 붙든 채로 말했다.

"빨리 각성을 하고 싶겠네요."

"그러니까요. 그게 궁금해요."

마법의 힘 같은 건 전혀 느껴지지 않는 계단을 오르며 나는 말했다.

"당장 마법소녀가 되려면 도대체 어떻게 해야 해요?"

# 마법소녀의 소중한 것

사람이 기억할 수 있는 가장 어린 시절은 대체로 네댓 살 무렵. 그전에 있었던 일을 기억하는 사람들도 간혹 있지만 그건 대체로 만들어진 기억이라고 한다. 아주 어렸을 때 너는 뜨거운 걸 잘 먹는 애였어. 이 사진을 봐, 항상 노란 담요를 끌고 다녔단다. 그런 말들을 듣고 가짜 기억을 만들어내는 경우가 있다는 것이다. 구체적으로 상상하다보면 그게 기억이 되기도 하는 모양이다. 펄펄 끓는 뚝배기에서 막 건져낸 숟가락을 겁도 없이 합, 무는 어린아이나 한참 전에 어디 갔는지도 모르게 된 노란 담요의 질감과 무늬 같은 것. 하지만 그걸 정말 가짜 기억이라고 불러도 좋을지는 모르겠다. 기억은 원래가 다 주관적인 것이니까. 어른들이 들려준 말 한마디나 사진 한장만으로 아주 생생한 감각을 떠올릴 수 있는 건 그것과 아주 유사한 기억이 사람의 몸 어딘가에 꼭꼭 숨어 있었기 때문일 것이다. 그걸 완전히 가짜라고 볼 수 있을까?

내게도 그런 기억이 있다. 할아버지의 무릎에 앉아 할아버지 시계를 유심히 보고 있는 나. 두살? 세살? 그보다 더 어렸을지도 모른다. 할아버지의 시계는 고가 브랜드의 오래된 모델이고, 금색으로 번쩍번쩍 빛났다. 어이구, 벌써 시계를 보려고 하네. 하하하! 하면서 웃는 어른들의 목소리가 얼핏 들렸던 것도 같다. 말을 잘 알아들었을 나이는 아니었던 것 같은데.

이 장면이 담긴 사진도 있다. 사진을 보고 가짜 기억을 만든 것인지, 내가 어렴풋이 지니고 있던 기억의 증거로 그 사진이 있었던 것인지. 어느 쪽이 먼저였는지는 이제 잘 모르겠다. 객관적인 사실만 말하면 이렇다. 사진 속 아기는 할아버지의 무릎 위에 앉아 있다. 애당초 이건 아기 사진이어서, 할아버지는 어깨까지만 보인다. 할아버지는 금색 손목시계를 차고 있다. 아기는 이제 스물아홉살이고 얼마 전까지도 그 손목시계를 가지고 있었다. 때문에 얼굴이 나오지 않은 그 어른이 할아버지인 것을 안다.

"이 사진이 가장 소중한 물건이에요?"

"어릴 때 사진이 많이 없어요. 가장 오래된 기억과 관련된 사진이니까 가장 소중한 물건이라고 해도 괜찮을 것 같아요."

긴히 쓸 곳이 있으니 가장 소중한 물건을 지니고 와달라고 한 건 아로아였다. 챙길 때부터 나한테나 의미 있는 물건이 대체 전국마법소녀협동조합 본부에서 어떤 쓸모가 있을지 모르겠다고 생각했는데, 아로아가 그렇게 물으니 더 부끄럽게 느껴졌다. 아로아가 '고작 그런 게 소중하다는 건가요?'라는 의도로 물은 게 아니라는 걸 알면서도.

"할아버지가 아가씨를 많이 아끼셨군요."

그렇게 말한 사람은 의장님이었다. 전마협 의장 연리지 씨. 연리지 의장님은 키가 무척 컸고 눈빛이 서글서글했는데, 마법소녀라고 부르기는 약간 어색하게도 거의 할머니나 다름없었다. 이분이 그분이구나, 소문으로만 듣던 한국 최초의 마법소녀.

"할아버지인 걸 어떻게 아셨어요?"

얼굴이 나오지 않은 사진이어서 아빠나 그냥 아는 남자 어른이라 생각할 수도 있었을 텐데, 의장님이 그게 할아버지 사진인 걸 단박에 알아차린 게 신기했다. 의장님은 알쏭달쏭한 미소를 지으며 말했다.

"그냥 알았답니다. 자, 내가 다시 묻지요. 이게 가장 소중한 물건이 맞나요?"

"저, 이것도……"

나는 우물쭈물하며 할아버지에게 처음으로 선물받은 시계를 내밀었다.

아주 어릴 때, 그러니까 가짜 기억과 진짜 기억이 오락가락하던 때부터 할아버지와 단둘이 살았고 할아버지의 가게에서 쭉 어린 시절을 보낸 나는 시곗바늘 읽는 법을 남들보다 일찍 깨쳤다. 그래서 더더욱 할아버지는 내가 천재라고 생각했던 것 같다. 나중에 알았지만 시계의 바늘을 읽는 방법은 따로 교과서에 나올 만큼 어려운 거니까, 따로 가르쳐주지도 않은 걸 스스로 하는 내가 신기해

보였을 수도 있다. 그렇지만 열살 먹을 무렵까지 읽고 쓰기가 서툴렀던 걸 생각하면 천재는 절대 아니었던 것 같다. 단지 시계를 좋아할 소질을 가지고 있었던 것뿐.

여섯살 때였나, 일곱살 때였나. 할아버지가 시계방에 있는 시계들 중 가장 갖고 싶은 걸 골라보라고 했다. 내가 천재라고 철석같이 믿었던 할아버지는 파는 물건 가운데 최고급인 것들 위주로 보여주려고 했던 것 같은데, 막상 내가 절레절레 고개를 저으며 집어 든 것은 연푸른색 시곗줄이 달린 스포티 전자 손목시계였다. 왜냐하면…… 거기에 헬로키티가 그려져 있었기 때문에. 할아버지가 웃었던 기억은 난다. 어쩌면 그때 나는 할아버지를 조금 실망시켰을지도 모르는데, 그런 줄도 모르고 나도 웃었다. 나중에 되팔 수도 없는 전자 손목시계를 쥔 채로.

너무 보잘것없는 물건이어서 의장님도 웃지 않을까 걱정했는데 의장님은 진지한 얼굴로 시계를 받아들었다.

"이게 사라져도 괜찮겠어요?"

"사라지다니요?"

"가장 소중한 기억을 마구로 바꾸는 작업을 할 겁니다.

그러니 정확히는…… 사라진다기보다, 또다른 소중한 것으로 전환되는 거라고 해야겠지요."

"그게 꼭 필요한 건가요?"

좀 전까지는 오래된 전자시계가 보잘것없어 보일까봐 부끄러운 마음뿐이었는데 막상 사라질 수도 있다 하니 아쉽고 아깝게 느껴졌다.

"꼭 마구가 필요하지는 않지요, 어떻게 설명하면 좋을까……"

의장님이 눈짓을 하자 아로아가 아로아미러를 꺼내들고 자리에서 일어났다. 그러더니……

"알고 싶어요, 이다음엔 무슨 일이 일어나죠? 내일은 우리 모두 행복할 수 있을까요? 대답해드릴게요! 예언의 마법소녀, 아로아! 변신!"

아로아미러를 중심으로 뻗어 나온 빛이 사무실을 한가득 채웠고, 그 빛 속에서 아로아의 새하얀 드레스가 무지개색으로 빛을 튕겨내는 기묘한 재질의 의상으로 바뀌었다. 이게 마법소녀의 변신이구나. 그런 생각이 우선 들었고 곧바로, 아니 그럼 평소에 입고 다니던 옷은 마법소녀의상이 아니고 자기만의 멋이었던 거야? 하는 황당한 깨달음이 뒤따라왔다. 아로아가 양손을 허리에 얹은 채로 말했다.

“평소에 제가 능력을 사용하는 걸 보셨으니 아시겠지만 마법소녀 능력을 사용하기 위해 변신이 필수적이지는 않아요. 마구를 갖게 되면 변신을 할 수 있게 되고, 변신을 할 수 있게 되면 능력을 사용하는 것도 곧 익숙해지죠.”

“아, 알겠어요…… 마법소녀가 자전거라면 마구는 보조바퀴 같은 느낌?”

“굳이 따지자면 마법소녀는 자전거를 탄 사람에 가깝겠지요. 자전거는 마법소녀의 능력이겠고.”

내 말에 의장님이 웃으며 답했다.

“마구가 없고 따라서 변신을 하지 않는 마법소녀들도 많답니다. 자연적으로 각성해서 마구를 따로 필요로 하지 않는 사람들이 그렇지요. 힘을 사용하는 것이 자연스러워져서 마구를 더이상 사용하지 않아도 되는 사람들도 있고요. 예언의 마법소녀 아가씨처럼 말입니다. 그런가 하면 각성한 뒤에 힘을 더 잘 사용하기 위해 나를 찾아와 마구를 만드는 경우도 있고 우리가 급해서 마구를 먼저 만들어주는 경우도 있지요."

마지막 경우에 내가 해당하는 것처럼 들렸다.

"급하다니요?"

의장님과 아로아는 서로 눈빛을 교환했다. 둘이 음모를 꾸민다는 생각은 아무래도 들지 않았지만 나만 모르는 뭔가 있는 것 같아서 조바심이 났다.

"우리는…… 세계가 종말의 세대에 이르렀다는 합의에 도달했습니다."

"우리란, 전국을 넘어 전세계 마법소녀들의 연대체를 뜻해요."

의장님이 자못 엄숙한 목소리로 말했고 아로아가 덧붙였다.

"이 문제의식을 공유한 뒤로 모든 마법소녀 연대의 공동 목표는 세계멸망 저지가 되었지요."

"그래서 시간의 마법소녀를 찾는 게 중요했던 거예요. 종말 위기 너머의 세계로 나아갈 열쇠가 될 테니까요."

두 사람의 말을 듣다 말고 손을 내저으며 끼어들었다.

"잠깐만요, 종말이라니…… 대마왕이나 외계인 같은 게 나타났나요? 아니면 곧 큰 전쟁이 일어나나요? 그걸 마법소녀들만 알고 있는 거예요?"

"아닙니다. 모두가 알고 있어요. 진짜 위기는, 재앙은, 기후 변화의 모습으로 온다는 것."

의장님의 너그럽던 눈빛이 갑자기 무섭게 변했다.

"지구는 대마왕 때문에, 외계인 때문에 끝나지 않아요. 적어도 당장은. 하지만 기후 위기는 실제로 지구에 닥친 최대의 재앙입니다."

그러고 보니 히드로공항 테러 사건이 있던 날 직업 박람회에서 그런 주제로 발표를 하지 않았나? 지속 가능한 지구와 마법소녀의 역할이었나……? 시작하기 직전 테러 진압 작전에 따라가버리는 바람에 놓친, 그 발표가 아무래도 쓰레기 분리배출을 잘하자는 내용 정도는 아닌 것 같았다.

"시간의 마법소녀의 역할이 아주 중요하지요. 이런 작전들이 있습니다. 시간의 마법소녀가 지구의 시간을 정지해놓는 동안 전세계의 마법소녀들이 협력해 지속 가능성을 저해하는 시설을 제거한다든지, 시간의 마법소녀가 만년설의 시간을 되돌려 지구 기온 회복을 도모한다든지…… 또한 최후의 수단으로는.”

의장님이 목이 멘 듯 말을 멈추자 아로아가 이어받았다.

“특정 시점으로 지구를 초기화하는 작전도 있어요. 이것이야말로 시간의 마법소녀만이 할 수 있는 일이죠.”

“오히려 그게 세계멸망이 아닌가요?”

“그러니까 최후의 수단인 거지요.”

약간 소름이 돋았다. 시간의 마법소녀가 된다는 건, 시간의 마법소녀로서 능력을 마음껏 사용하게 된다는 건, 지구를 좌지우지할 수 있게 되는 거구나. 그리고 이 사람들은 가능한 한 그 힘을 세계멸망 저지를 위해 사용하기를 원하는 거고.

“그렇게 하지 않으면 걷잡을 수 없다는 판단이 들기 전까지는 강행하지 않을 겁니다. 당연하겠지요. 이 일에 가장 중요한 건 시간의 마법소녀 자신의 의지이기도 하니까요.”

“알겠어요.”

나는 고개를 끄덕였다.

“제게 마구를 만들어주세요.”

아로아와 의장님의 얼굴에 기쁨이 번지는 것을 나도 뿌듯한 마음으로 지켜보았다. 내가 중요한 사람일 수도 있다는 설렘과 어쩌면 이 일로 잘 먹고 잘살게 될 수도 있다는 계산적인 마음을 넘어, 처음으로 사명감 (그렇게 불러도 될까?) 비슷한 게 가슴에서 솟아나고 있었다. 까짓것 해보자고요, 마법소녀 뭐 그거……

의장님은 오븐장갑 같은 것을 꺼내서 양손에 꼈다. 천과 솜으로 만든 평범한 것처럼 보이면서도 불가사의한 광채를 발하는 것이 그 또한 마구라는 것을 짐작할 수 있게 했다.

“자, 소중한 물건을 주세요.”

“직접 하시는 건가요?”

“그럼요. 나는 제작의 마법소녀랍니다. 이 장갑도 내가 만든 거예요. 한국의 마법소녀들이 지니고 있는 마구는 모두 이 장갑 안에서 나왔지요.”

“그러면…… 잘 부탁드릴게요.”

나는 사진과 손목시계를 모두 내밀었다. 아무래도 하나로는 부족할 것 같아서. 아깝다거나 하는 마음은 들지 않았다. 아까울 만큼 비싼 물건들이 아닐뿐더러, 추억 때문에 소중하다고 하기에는…… 이 소중한 추억이 나를 마법소녀로 만들어주는 건데 근사한 일 아닌가, 오히려 **이득**이라고 할까? 그런 마음이었다.

“잘 생각했어요. 더 많은 마음이 들어 있을수록 더 효과가 좋은 마구가 나오거든요.”

의장님은 사진과 손목시계를 쥔 내 오른손을 자신의 왼손으로 감싼 다음 오른손으로 덮었다. 내 손을 오븐장갑 한켤레 속에 완전히 파묻은 채로 의장님은 눈을 감았다. 희미하게 빛나던 오븐장갑이 서서히 더욱 강한 빛을 발하기 시작했고 포개진 장갑 사이에서도 무지개 빛줄기가 한 가닥씩 흘러나왔다. 내 손안에서도 가슴을 뛰게 하는 온기가 꿈틀거리고 있었다.

“마구는 마법소녀의 마음의 모양에 가장 가까운 형태로 출력됩니다. 간절한 마음을 담아주세요.”

무지개 빛줄기는 점점 강렬해지더니 이윽고 물리적인

형태를 갖추어나가는 듯했다. 더이상 주먹을 쥐고 있을 수 없었다. 손을 펴자 빛의 구슬이 의장님의 오븐장갑 사이를 비집으며 일어섰다.

할아버지, 나 드디어 마법소녀가 되나봐. 이 일이…… 실제로 일어나고 있어. 마법소녀가 되는 거야.

내가 손을 뺀 뒤에도 계속 힘주어 손을 모으고 있던 의장님이 손과 손 사이를 조금 떨어뜨리자 둥근 빛의 구슬 속에서 직사각형 모양의 뭔가가 빠르게 회전하고 있는 광경이 보였다. 나와 아로아는 서로 어깨를 다투며 그것을 들여다보았다. 만약 그게 불이었다면 코를 데고 눈썹을 태웠을 만큼 가까이 고개를 들이밀며.

"이게…… 뭘까요?"

아로아가 물었다. 형태가 온전해질수록 회전 속도는 조금씩 느려졌는데, 완전히 멈추기도 전에, 아니 속도가 충분히 느려지기도 전에 나는 그게 뭔지 알아볼 수 있었다.

"신용카드…… 같아요."

"신용카드라고요?"

내 말에 아로아가 고개를 갸웃 기울였다. 회전을 멈

추고 공중으로 떠오른 그것은 분명 카드였다. 한쪽 면에는 마그네틱 띠가 붙어 있고 다른 한쪽 면에는 내 이름이 양각으로 새겨진, 그러나 어떤 은행의 이름도 적히지 않은…… 검정색 카드.

어째서 시간의 마법소녀의 마구가 신용카드 모양인지 우리 모두 궁금한 게 분명했는데, 누구 하나 함부로 입을 열지는 못했다.

# 시간의 마법소녀 변신

신용카드 모양의 마구는 사뿐히 내 손 위에 내려앉았다. 나와 아로아 그리고 의장님은 한동안 말없이 그것을 뚫어지도록 쳐다보았다.

"이건 좀……"

의장님이 나를 배려하느라 적절한 말을 고르고 있는 게 느껴졌다. 의장님은 우아한 미소를 띤 얼굴로 말했다.

"독특하군요."

딱히 나쁘지 않은, 굳이 따지자면 좋은 말이었지만, 아기나 강아지를 보고 예쁘다거나 귀엽다는 말이 도저히 나오지 않을 때 하는 '참 튼튼해 보이네요' '똑똑해 보이네요' 같은 말처럼 들리기도 했다. 그래서 너무 부끄러웠다. 마구가 마법소녀의 마음과 가장 닮은 형태로 출력되는 게 사실이라면 내 마음은 신용카드 모양. 머리 한쪽, 마음 한 구석이 항상 신용카드 리볼빙 빚에 대한 생각과 불안에 저당 잡힌 사람인 걸 생각지도 못한 계기로 적나라하게 드러내버리게 된 거였다.

그보다 애초에…… 신용카드는 시간하고는 크게 상관도 없잖아? 시간은 금이다? 즉 시간은 돈이다? 시간이 지날수록 빚이 점점 커진다? 억지로 말을 맞추면 의미야 얼마든지 만들 수도 있겠지만, 그따위가 시간의 마법소녀의 상징이 될 수는 없고, 되어서도 안 될 것 같았다.

의장님은 오븐장갑을 벗으며 말했다.

"당장은 변신이 마음대로 되지는 않을 겁니다. 자연스러운 일이니 어려워하거나 부끄러워하지 마시고 아로아 아가씨에게 도움을 청하세요. 변신 주문도 생각해보고요. 처음에는 밝고 넓은 곳에서 연습하는 게 좋을 거예요. 에너지를 제어하기 어려울 수도 있을 테니까요."

나는 눈물이 나려는 것을 꾹 참아서 아픈 목을 가다듬

으며 겨우 인사했다.

"감사합니다."

의장님은 인자한 미소를 지었다.

"아가씨는 정말 대단한 마법소녀가 될 거예요. 행운을 빕니다."

나와 아로아는 난초에 축축 물을 뿌리는 의장님을 뒤로 하고 전마협 사무실을 나섰다.

아로아는 나를 한강 유수지 운동장으로 데리고 갔다. 의장님 조언대로 밝고 넓은 공간인 것까지는 좋은데 여기저기에 공놀이를 하는 사람들이 꽤 있어서 민망했다. 아로아는 뭐가 부끄럽다는 건지 모르겠다며 나를 밀고, 나는 왜 부끄러운지 모르는 게 이해가 안 된다며 빼고, 그렇게 옥신각신하다가 주차장과 운동장의 경계가 애매한 곳까지 가서야 마구를 꺼냈다. 좀 꺼림칙하긴 해도 나의 기억으로 만든 나만의 것임은 분명해서, 앞으로 소중히 여겨야 할 나의 마구.

"잃어버리면 어떡하죠?"

나의 말에 아로아는 고개를 단호하게 저었다.

“절대 잃어버리지 않아요. 마법소녀의 일부가 깃들어 있기 때문에 어디에 떨어뜨리거나 빠뜨리더라도 어떻게든 돌아와요.”

아로아는 손뼉을 짝, 치며 외쳤다.

“그보다 시간 끌지 말고 빨리 연습 시작해요!”

“너무해요, 갑자기 호랑이 선생님이 됐어요.”

“호랑이로 보여요? 본 교관은 여러분이 하기에 따라 천사도 될 수 있고 악마도 될 수 있습니다.”

아로아의 의욕이 너무 강해 보여서 왠지 나는 더 주눅이 들었는데, 동시에 그런 아로아를 보니 진지하게 겁이 나서 뭐라도 해야 할 것 같다는 생각도 들었다. 두리번두리번 주변을 살핀 다음 옐로카드를 꺼내드는 축구 심판처럼 마구를 쥔 손을 높이 들고 엉터리 주문을 외웠다.

“그럼…… 시간의 마법소녀…… 변신?”

아무 일도 일어나지 않았다.

날이 쨍쨍해서 덥기도 했지만 등줄기를 지나가는 땀은 더워서 나는 게 아니고 민망해서 나는 것 같았다. 슬쩍 아로아 쪽을 쳐다보았더니 아로아는 방금 외친 나의 변신 주문보다 훨씬 우렁찬 소리로 불호령을 내렸다.

"되고 싶은 마법소녀의 이미지를 좀더 강하게 떠올리면서 다시 해봐요!"

되고 싶은 마법소녀라니, 그게 뭔데요. 아직 세상에 없는 걸 떠올리라는 건가요. 그런 걸 떠올릴 재주가 있는 사람도 있나요. 나는 눈을 질끈 감고 아로아와 비슷한 옷을 차려입은 내 모습을 머릿속에 그렸다. 그게 좀 웃겨서 코로 웃음이 새어 나오려는 것을 필사적으로 참아가며 주문을 외쳤다.

"시간의 마법소녀 변신?"

나는 하노라고 한 것 같았지만 아로아는 결코 만만한 선생님이 아니었다.

"왜 아까부터 끝이 자꾸 올라가요? 누구한테 물어보는 거예요? 느낌표 붙여서 다시!"

"시간의 마법소녀 변신……!"

"말줄임표 빼고 다시!"

"시간의 마법소녀 변신!"

마구를 중심으로 이글거리는 빛이 퍼지다가…… 곧 멈췄다.

"이거 봐요, 되고 있잖아요. 천잰데? 잘하면 오늘 안에 성공할 수도 있겠는데?"

아로아가 손뼉을 짝짝 치면서 칭찬을 퍼부었다. 나로서도 신기했다. 내 손에서…… 나의 마구에서…… 뭔가 변화가 일어났으니까. 각성이나 변신에 성공하지는 못했지만. 나는 쑥스러워져서 마구로 머리를 긁다가 아로아의 눈치를 보며 손을 내렸다. 아로아는 눈을 반짝이며 말했다.

"그럼 이제 구체적인 변신 주문을 만들면서 해볼까요?"

"방금 그게 변신 주문이 아니에요?"

"엄밀히 말하면 주문이 맞긴 하지만 그것만으로는 부족해요. 뭐라고 해야 할까…… 그건 부싯돌로 불붙이기 같은 거예요. 되고 싶은 마법소녀의 기조를 떠올리면서 직접 만든 주문을 읊는 건 라이터로 불을 켜는 셈이고요."

"그럼 그 라이터 주문은 어떻게 얻어요?"

"직접 생각해내야죠."

아로아가 이상한 걸 물어본다는 듯 눈을 동그랗게 뜨고

말했다. 그런 창피한 걸 직접 생각해내야 한다고……? 만화에서처럼 그냥, 마구를 들면 머리에 자동으로 떠오르는 것도 아니고?

"자기소개라고 생각하면 편해요. 갑자기 자기 이름만 외치는 걸 제대로 된 자기소개라고 할 순 없잖아요. 뭘 하는 사람이고 앞으론 뭘 하려 한다, 뭐 그런 입장을 마법소녀로서 밝힌다고 생각해보세요."

그렇지만…… 나는 마법소녀로서도 보통의 생활인으로서도, 소개할 만한 나 자신을 잘 모르는데. 출신 또는 지금 사는 지역이랑 나이 같은 걸 말해봐야 아무 소용없잖아. 마포구 사는 스물아홉살 시간의 마법소녀 변신?

"과거, 현재, 미래…… 시간의 마법소녀 변신."

내가 자신 없어 하며 웅얼웅얼 외친 주문에 마구가 또 반응을 보였다. 아로아는 제자리에서 펄쩍펄쩍 뛰어올랐다.

"그거 봐요! 좀더 잘되죠?"

"네…… 주문을 만드는 것 자체가 어려운 게 문제지만."

"제 주문을 참고해보실래요?"

"뭐였죠?"

"알고 싶어요, 이다음엔 무슨 일이 일어나죠? 내일은 우리 모두 행복할 수 있을까요? 대답해드릴게요! 예언의 마법소녀, 변신!"

아로아는 빠르고 짧게 자기의 변신 주문을 읊었다. 아로아다우면서도 예언의 마법소녀 능력이 잘 드러난 멋진 변신 주문 같았다. 그러니까, 이것 역시 아로아 스스로 지었다는 거지? 나는 눈을 감고 카드를 양손으로 쥐어 가슴 앞에 둔 자세로 숨을 골랐다.

누군가에게 말을 걸듯이. 마법소녀로서의 나를 소개하듯이. 나의 존재를 납득시키듯이. 누구보다도…… 나 자신에게.

"어디에나 공평하게 흐르는……"

머릿속에 할아버지 시계방의 세계시간 표시기가 떠올랐다.

"결코 멈추거나 후퇴하지 않는……"

다음으로 떠오른 것은 한동안 멈추어 있다가 내가 약을 넣은 순간부터 움직이기 시작한 가느다란 금속 초침의 이미지.

"가장 오래되고 그 무엇보다 강력한 존재, 시간의 힘을 집행합니다."

가슴이 세차게 뛰기 시작했다.

"시간의 마법소녀, 변신."

상쾌한 기운이 몸 주변을 감싸고, 몸속에서는 보다 긍정적인 피가 (그게 뭔지는 모르겠지만 정말이지 그런 느낌) 도는 것 같은 느낌이 들었다. 몸이 조금 떠오르는 것 같은 느낌도 들었다. 나는 천천히 눈을 떴다.

성공한 걸까?

맨 먼저 눈에 들어온 것은 아로아의 커다래진 눈이었다. 나는 몸통과 팔다리를 살피며 혹시 옷이 바뀌었는지 살폈다. 옷은 입고 나왔던 그대로였고, 발도 지면에 잘 붙어 있었다. 그렇지만…… 그렇지만 뭔가 달랐다. 이번에야말로 뭔가 되고 있다는 느낌이 확실하게 들었다.

"방금 엄청 느낌 좋았어요!"

가슴이 뛰어서 나도 모르게 조금 큰 소리로 말했다.

"거의…… 이거다 싶은 느낌? 조금만 더 하면 될 것 같아요."

흥분한 나와 정반대로, 아로아는 반응이 없었다. 커다란 눈으로 허공을 응시하고 있을 뿐이었다.

"왜 그래요?"

왜 바로 눈치채지 못했을까? 방금 그게 성공의 확실한 전조였다면, 아로아는 나보다도 더욱 기뻐했을 사람인데. 조용히 멀고 조금 높은 한 점을 바라볼 뿐, 아무 반응도 보이지 않는 아로아를 보니 조금 섭섭하기도 했고 어쩐지 무섭기도 했다.

"왜 그래요, 아로아……?"

재차 부르자 아로아는 머리를 짚은 채로 제자리에 주저앉았다. 변신 과정에서 발생하는 에너지의 파장을 고려해 조금 거리를 두고 서 있던 터라 바로 아로아를 부축할 수 없었다. 한박자 늦게 다가가서 손을 내민 나를 올려다보면서, 아로아는…… 울고 있었다. 창백하게 질린 얼굴에서 눈물이 뚝뚝 떨어졌다.

"예언이 빗나갔어요."

아로아는 내 손을 잡지 않고 일어났다.

"실수할 수도 있지, 왜 울고 그래요……"

내밀었던 손이 민망해져 내 양손을 마주 잡으면서 나는 그렇게 말했다. 알고 지낸 지는 얼마 되지 않았지만 늘 명랑하고 똑 부러지던 아로아가 울며 무너지는 모습을 보니, 나까지도 울고 싶은 심정이 되었다. 아로아는 가만히 고개를 저었다.

"내 예언은 한번도 빗나간 적 없어요."

덜컥, 하며 가슴 어딘가가 어긋나는 듯한 느낌이 들었다.

뭔가 잘못되고 있구나.

사실 그건 낯선 감각이 아니었다. 내게는 늘 일이 잘못되어가는 게 더 당연하게 느껴졌다. 그래서 마음이 아픈 동시에, 이상하게도, 아로아가 무슨 말을 하려는지 내심 짐작할 수 있을 듯했다. 아로아는 큰 소리로 울면서 말했다.

"시간의 마법소녀가 방금 각성했어요."

불규칙적으로 세차게 뛰던 가슴이 쿵, 하고 내려앉는 듯했다. 아로아는 얼굴을 감싼 채로 다시 제자리에 주저앉았다.

"그리고 그게…… 당신이 아니었어요."

# 마법소녀가 보낸 편지

내가 조금 더 진지했다면 뭔가 달라졌을까?

조금 더 집중했더라면. 조금 더 재능이 있었더라면. 딱 10초, 5초, 아니 1초라도 빨리 각성했더라면, 아로아의 예언이 빗나가는 일은 없지 않았을까?

"미안해요."

사과해야 할 사람은 나라고 생각했는데, 아로아가 먼저 그렇게 말했다. 머리가 아픈지 한쪽 눈을 찡그린 채로 관자놀이를 문지르면서.

"정말 미안해요."

아로아는 벌떡 일어나더니 달아나버렸다. 예언이 아니

라 속도나 경보의 마법소녀가 아닐까 싶을 만큼 빠르게 운동장을 벗어났다.

나는 그 자리에 가만히 있는 게 나의 임무라도 되는 듯 하염없이 서 있었다. 아로아가 점점 작아져서 마침내는 보이지 않게 될 때까지. 운동장 끝자락에 드리운 그늘이 조금 움직여 내 머리를 덮을 때까지.

손에 쥐고 있는 검정색 카드가 나를 물끄러미 쳐다보는 느낌이 들어 민망해질 때까지.

집으로 돌아가는 길에 편의점에서 생수 하나를 집어 들고 그 카드로 결제가 되는지 시도해봤는데 당연하다는 듯 거절당했다.

현관문 아래로 반쯤 비집고 들어온 편지봉투를 발견한 건 그로부터 이틀이 지난 날이었다. 봉투에는 아무 이름도 적혀 있지 않았지만 바닥에 있었는데도 더러운 것 한 점 묻지 않은 희고 깨끗한 봉투를 보면 누가 두고 간 것인지 충분히 짐작할 수 있었다.

테두리가 레이스로 장식된 흰 편지지의 서두에는 이렇

게 적혀 있었다.

안녕하세요. 아로아예요.

역시나.

마음이 놓이면서도 조금 심통이 나려는 듯한 이상한 기분이 들었다. 아로아가 나를 완전히 저버리려던 게 아니었다는 사실이 다행스러운 한편, 그럴 거면서 왜 그랬는지 생각하면 여전히 원망스러운 마음도 지울 수 없었으니까.

어제는 그렇게 떠나버려서 정말 미안해요. 아무리 당황했다고 해도 너무 무례한 행동이었어요.

어제라면, 이 편지를 두고 간 지도 하루가 더 지났다는 걸까. 변신을 시도했던 날 집에 돌아온 뒤로는 거의 내내 누워서 시간을 보내느라, 아로아가 편지를 두고 가는 줄도 모르고 있었다.

알았다면 뭐가 달라졌을까. 잠깐 들어와서 이야기라도

나누자고 했을까. 내가 과연 그럴 수 있었을까.

하고 싶은 얘기는 많지만 만나서 하기에는 조금 부끄러워서 편지를 쓰려고 했는데, 막상 쓰기 시작하니 무슨 말부터 하면 좋을지 모르겠어요.

제일 먼저 당신을 만났을 때 얼마나 기뻤는지 말해볼게요.

시간의 마법소녀의 등장을 얼마나 고대해왔는지 몰라요. 우리 전마협을 비롯해 전세계 모든 마법소녀의 연대체들이 모두 시간의 마법소녀를 기다렸지만, 그 누구도 나만큼 열렬히 시간의 마법소녀를 원하지는 않았을 거예요. 예언의 마법소녀란 언제나 무엇이든 자신 있게 말할 수 있는 존재이겠지만, 이것이야말로 내가 가장 자신 있게 말할 수 있는 한가지예요. 나보다 더 시간의 마법소녀를 기다린 사람은 세상에 없다는 사실.

그건 말할 것도 없이 예언이 미래를 가리키는 일이기 때문이에요.

또한 동시에 현재를 항상 과거로 만드는 일.

나의 일은 시간의 힘과 아주 밀접한 관련이 있고, 관점에 따라서는, 예언의 마법소녀가 시간의 마법소녀의 하위 호환적인 존재라고 할 수도 있는 거죠. 누구보다도 내가 그렇게 믿고 있어요.

사실 보이지 않는 힘을 다루는 마법소녀들에게는 모두 비슷한 콤플렉스가 있어요. 크고 작은 차이는 있지만. 같은 마법소녀들 사이에서조차 조금은 무시를 받기도 하고, 스스로도 자신의 힘을 잘 믿지 못하는 경향이 다들 있죠. 예언의 마법소녀인 내가 그 점을 누구보다도 잘 알고 있어요. 예언이 이루어지기 전까지 내 힘은 아무것도 아닌 것처럼 보이니까요. 그래서 더욱 시간의 마법소녀를 찾고 싶었던 거예요. 시간의 마법소녀는 그 자체로도 대단한 존재지만, 나에게 있어서는, 예언의 마법소녀인 나를 완전하게 해줄 단 하나의 마법소녀이기도 하기 때문에.

그러니까 예언 자체에는 큰 힘이 없지만, 예언을 이루어줄 시간의 힘을 가진 사람이 나타난다면, 나와 그 사람이 한 팀을 이뤄 함께 멋진 일들을 할 수 있을 거라고 믿고 있었어요. 그 사람을 찾아내는 것이 나의 몫이 되어야 한다고 생각했던 것도 그래서고요.

그렇게 당신을 찾아낸 거예요.

읽을수록 혼란스러웠다. 아로아는 나를 찾아내서 기뻤다는 말을 하려는 것 같았지만, 아로아가 시간의 마법소녀라는 존재를 얼마나 또한 어떻게 기대했는지 열심히 설명할수록 내가 그것이 아니어서 미안한 마음만 들었다.

어쩌면 내가 너무 오만했는지도 몰라요. 말했듯이 내 예언은 한번도 빗나간 적이 없으니까.

다시 말하지만, 그렇게 찾아낸 사람이 당신이었다는 게 내겐 무엇보다 중요해요. 한번도 잘못된 적 없는 예언의 힘과, 세계를 구할 시간의 마법소녀를 찾고 말겠다는 염원과, 가끔은 보잘것없어 보이기도 하는 나의 힘을 시간의 마법소녀가 보완해줄 거라는 희망, 이 모두를 모아 당신을 떠올린 거예요. 다른 누구도 아닌 바로 당신 한 사람을.

그래서 나는…… 어제는 당황해서 흐트러진 모습을 보이고 말았지만, 당신을 찾아낸 것이 실수라 생각하지 않아요. 여기에는 아주 약간의 후회조차도 없어요.

그렇지만 당신에게는 사과해야 한다는 생각을 했어요.

혼란스러웠을 거예요. 내가 미웠을지도 몰라요. 그랬다고 해도 이해해요. 내가 당신이었다면 반드시 예언의 마법소녀를 미워하게 됐을 거예요.

아로아가 미워진다고? 그럴 리가. 그 일이 있은 뒤 내 마음에도 미움이 솟기는 했지만 그건 아로아나 다른 누군가에게로 향하는 게 아니라 나 자신을 겨냥하는 것이었다.

이번에야말로 내가 쓸모 있는 존재가 된 줄 알았는데. 단순한 쓸모를 넘어 너무도 중요하고 유일해서 대체불가한 존재가 된 줄 알았는데. 내가 시간의 마법소녀일지도 모른다는 걸 의심조차 하지 않았는데.

모든 걸 망친 건 아로아가 아니라 나였다.

어쩌면 내 불운이 너무 강해서 아로아의 절대적인 예언조차 빗나가게 한 게 아닐까 하는 생각마저 들었다.

하지만 아로아는 내 마음이 그럴 거라는 사실까지도 내다보고 있는 것 같았다.

혹시라도 자책하고 있다면 부디 그러지 말아요. 예언을 잘못 이해한 건 전적으로 내 실수이니까요.

내 거울이 당신을 비춘 것에는 분명 이유가 있을 거예요. 당신에게도 마법의 힘이 있다는 게 그 증거예요. 마구를 만들어낸 것도, 마구가 변신 주문에 반응한 것도 모두 당신이 마법소녀이기 때문이에요. 그런 당신을 시간의 마법소녀로 지목한 건 내 실수였을지도 모르지만, 아로아미러에 따르면, 당신과 내가 만나야 했던 것에는 분명한 이유가 있었던 거예요. 난 그것만은 의심하지 않으려고 해요. 예언의 마법소녀로 산다는 건, 끔찍한 운명론자가 된다는 것과 크게 다르지 않은 일이기도 하거든요. 우리 사이에는 모른 척하기엔 너무나 강한 운명이 있어요. 당신도 그렇게 믿어줬으면 좋겠어요.

시간의 마법소녀가 각성했다는 것이 밝혀진 지금은, 그 사람과 접촉하는 것이 최우선 과제예요. 되도록 빨리 그 사람을 찾아내 우리에게 힘을 빌려줄 것을 요청하는 일이 무엇보다 급해서, 미안하지만, 당분간은 만나기 어려울 것 같아요.

하지만 내가 찾아낸 마법소녀 중에서 가장 중요한 사람은 언제까지나 당신일 거예요. 시간의 마법소녀라는 존재에 대한 나의 오랜 믿음과는 별개로. 이것이야말로 내가 예상하지 못한, 예상할 수 없었던 사건이 아닐까 하는 생각도 드네요.

예언의 마법소녀에게 예상치 못한 사건이 주는 불안감이 얼마나 큰지 이해할 수 있겠어요? 그런데 나는…… 이 불안감이 왠지 마음에 들어요. 정말이지 왜인지는 모르겠지만 그래요.

사과를 하려고 쓰기 시작한 편지인데 왜 이런 마음이 든다고 고백하고 마는 것일까요?

일이 끝나면 찾아갈게요. 꼭 다시 만나기로 약속해주세요.

아로아로부터

아로아의 글씨는 매우 작고 동글동글했는데, 조금 악필

이어서 모음 'ㅏ'와 'ㅓ'와 'ㅣ'가 거의 비슷비슷하게 보였고 'ㅎ'받침이 'ㅇ'받침과 잘 구분되지 않았다. 나는 희고 예쁜 편지지를 수놓은 아로아의 못생긴 글씨를 몇번이고 반복해서 읽었다. 그러다 조금 울고, 그러고 나서는 지난 이틀간 그랬듯 다시 자리에 누워 천장만 올려다보기 시작했다.

베개 옆에는 아로아의 편지를 반듯하게 눕혀두었다.

# 예언의 마법소녀와 나

일주일 정도는 눈 깜짝할 사이 지나간 것 같다. 시간의 마법소녀가 나타나서일까? 그사이 내게는 무슨 일이든 시간의 마법소녀와 연관 지어 생각하는 습관이 생겼다. 컵라면이 생각만큼 빨리 익지 않아서 과자처럼 딱딱한 면을 씹어야 하는 것도, 일년 전쯤 큰맘 먹고 했던 파마가 근래에 와서야 급하게 풀린 것도, 아로아와 만나지 못하게 되었는데도 생각보다 빨리 시간이 흐른 것도, 하여간 온갖 것들이 모조리 시간의 마법소녀의 소행 같았다. 그런 대단한 사람이 겨우 나 따위를 돕거나 괴롭히려고 굳이 나의 시간을 조작했을 리는 없다는 것쯤은 알고 있지만,

그럼에도 시간의 속력을 의식하게 될 때마다 같은 생각에 빠지곤 했다.

나는 시간의 마법소녀를 미워하게 된 걸까? 얼굴도 모르는 사람을? 딱히 내게 해를 끼치려 한 적도 없는 사람을?

애초에 나의 존재도 모를 그 사람을.

겨우 기운을 차려 아르바이트 자리를 다시 알아보기 시작한 지도 이틀쯤 된 참이었다. 시간의 마법소녀가 아니라고 해서 마법소녀가 아예 아닌 건 또 아니라고 아로아는 얘기했지만, 시간의 마법소녀가 아니라는 것은, 빨리 각성해야 할 명분이 없어졌음과 유능한 마법소녀가 될 거라는 보장 역시 사라졌음을 의미했다. 그렇다면 보통 사람답게, 아니지 적어도 보통 사람만큼은 살아갈 대책을 다시 마련해야 했다. 지긋지긋한 리볼빙 빚도 조금씩 갚아나가고 풀린 파마도 언젠가 다시 하고.

후불 교통카드 대금도 무서웠기 때문에 처음에는 걸어서 갈 수 있는 거리에 있는 곳들을 살펴보았다. 각종 식당, 편의점, 피시방, 까페, 당구장, 사무실, 옷 가게, 액세서리 가게(어째서 사람을 구하는 금은시계방은 좀처럼 없는 걸까? 잘할 수 있는데), 걸어서 한시간 거리까지 범위를 넓히다가, 단위를 바꾸어 버스로 이삼십분씩 출퇴근 시간을 늘리다가, 거의 경기도까지 가서야 정신을 차렸다.

살펴본 가게는 많았지만 지원해도 괜찮은 곳은 반의반 정도밖에 되지 않았다. 경력자 구합니다. 근처 거주자 우대합니다. 학력 제한 초대졸 이상. 20세에서 24세까지. 그런 말들을 볼 때마다 미리 거절당한 듯한 기분에 움찔움찔 놀라 뒤로가기를 누르기 바빴다. 와중에 모던바나 토킹바는 뭔데 그렇게들 사람을 많이 구하는 걸까? 출퇴근 시간이 자유롭고 초보라도 짭짤한 일급을 보장한다는 모던바가 마침 집에서 걸어서도 갈 수 있는 거리에 있다고 해서 한참 동안 들여다보기도 했다. 불현듯 눈을 들었을 때 냉장고가, 냉장고 문에 붙여둔 아로아의 명함이 보였기 때문에 황급히 뒤로가기를 눌렀지만. (무슨 일을 하는지 정확히 모르면서도 부끄러운 마음은 들었다.) 어디선가 할아버지의 혀 차는 소리가 들리는 듯도 했다. **너희 할아버지가 우리 손녀 참 잘한다 하겠구나.** 내게 핀잔을 줄 때마다 할아버지가 하던 말도 귓전에서 쟁쟁거렸다.

걸어서 십오분 거리에 있는 편의점과 이십분 거리에 있는 피시방에서 연락이 왔다. 피시방에서는 보건증이 있느냐고 물었는데 없다고 했더니 답장이 없었고, 편의점에서는 공고와 달리 주말 야간 파트밖에 남지 않았는데 이 시간대라도 괜찮으면 면접을 보러 오라고 했다. 주말 야간이라. 대학교나 유흥가 주변이면 모를까, 주택가에 있는 지점이어서 오히려 괜찮을 것 같았다. 혹시 피시방에서 나중에라도 연락이 오면 주중과 주말 모두 일을 할 수 있을지도 모르고……

면접이라고 해서 나름대로 신경 써서 깔끔하게 하고 갔는데 질문은 언제부터 출근이 가능하냐는 것뿐이었다. 당장 돌아오는 주말부터 일할 수 있다고 하자 점장은 첫 출근 때 가져와야 할 서류를 간단하게 안내해준 다음, 주말만큼은 알바를 쓰지 않으려 했는데 편찮은 친정아버지 병구완 때문에 울며 겨자 먹기로 나를 채용할 수밖에 없었던 사연을 길게 늘어놓았다.

"물류가 많아서 보기보다 힘든 일이라 웬만하면 남자 쓰려고 했는데, 아가씨가 착한 것 같아서 한번 보게."

"저희 할아버지가 오래 편찮으셨던 터라 남 이야기 같지가 않네요……"

한 박자 늦게 내가 이 말을 하는 바람에 점장은 친정아버지 이야기를 한참 더 늘어놓았다. 거봐, 내가 아가씨 착한 거 알아봤지, 하면서 붙드는 통에 거절할 수도 없었다. 해 질 무렵 들어갔던 편의점에서 어둑어둑해질 무렵에야 나왔다. 면접 질문은 단 하나뿐이었는데도.

나오면서는 착하다는 게 뭘까, 거절을 잘 못하는 게 착한 걸까 생각했다. 거절할 수 없었을 뿐 속으로 꼭 좋은 생각만 하지는 않았는데. 할아버지 생각이 났다는 것까지는 진심이었지만 생전 처음 보는 사람의 아버지가 아프다는 얘기가 우리 할아버지 아팠던 것만큼 슬프지는 않은데.

집에 가는 길의 반절쯤 걸었을 무렵 가늘지만 뭉툭하고 서늘하지만 차갑지는 않은 것이 정수리를 툭 때렸다. 이윽고 볼에 툭, 어깨에 툭, 비슷한 강도의 충격이 이어졌다. 비였다. 소나기 주제에 장대비. 젠장, 젠장. 점장 얘기를 중간에 끊고 나왔더라면 진작 집에 도착하고도 남았을 텐데. 그랬으면 오늘 밤에 비가 오는지 눈이 오는지 모르고 잤을 텐데.

걷는 게 나은지 뛰는 게 나은지 고민하면서 팔을 들어 머리를 가렸는데, 팔로 비가 떨어지지 않았다. 어느덧 커다란 우산이 나를 덮은 것이었다.

"나 보고 싶었어요?"

예언의 마법소녀가 아니라면 누구도 이런 짓은 하지 못하겠지. 지금 어디에 있는지를 묻지도 않고 나타나 예보에 없던 비를 막아주는 일 같은 것. 하지만 질문은 예언의 마법소녀답지 않다는 생각도 들었다.

"네."

아로아를 돌아보며 나는 그렇게 대답했다. 당신은요? 라고 묻고 싶기도 했지만, 까딱하면 울음이 터질 것 같아서 그럴 수 없었다.

아로아는 언제나처럼 자연스럽게 내 손을 잡았다.

"어떻게 지냈어요?"

"아로아라면, 내가 말하지 않아도 알 수 있지 않아요?"

아로아는 내 말에 작게 웃었다.

"독심술이나 사이코메트리*가 아니라 예언인걸요. 세상의 모든 일에 대해서 알 수는 없어요. 집중한 주제에 대한 파편적 정보를 얻는 정도예요."

자기의 능력에 대한 자부심이 늘 대단했던 아로아가 그렇게 말하니 사실일지라도 안쓰럽게 느껴졌다.

"그러면 요 얼마간은 내 생각을 거의 하지 않았다는 거네요."

너스레랍시고 내가 한 말에 아로아는 슬픈 표정을 지었다.

"실은 많이 했어요. 그래서 집중력이 떨어지는 바람에 쓸모 있는 예언은 많이 못했고요."

"미안해요."

"왜요? 뭐가요?"

"생각나서?"

눈썹을 팔자로 모으고 있던 아로아가 대번에 웃음을 터뜨렸다.

* 사물에 남아 있는 기억을 읽어내는 초능력.

"생각나서 미안하다는 말은 대체 어떻게 생각해내는 거예요?"

"몰라요."

당황해서 아무렇게나 말해버렸고, 그렇게 내뱉은 말에 아로아가 웃을 줄 몰랐기에 더더욱 당황스러웠다.

"예상치 못했어요?"

나의 물음에 아로아는 웃음을 머금은 얼굴을 천천히 끄덕였다. 어쩐지 쑥스러워져서 눈길을 바닥에 두고 말없이 걸었다. 장대비가 아로아의 희고 커다란 우산을 두드리는 소리와 우리 둘의 발이 찰박거리며 지면을 딛는 소리가 불협화음을 일으키며 한동안 이어졌다.

"그동안."

"시간의."

아, 어쩜 이렇담. 이런 건 만화나 드라마에서나 나오는 상황인 줄 알았는데. 드디어 질문이 떠올라서 다행이라고 생각하며 말을 꺼냈는데 아로아도 똑같은 생각을 한 모양이었다. 챙, 하고 칼을 맞부딪쳤다가 서로 눈치를 보며 한 발짝씩 물러나는 펜싱 선수들처럼 나와 아로아는 동시에 입을 열었다가 동시에 입을 다물었다.

그런데, 나는 그렇다 치고, 아로아는 안 그럴 수도 있었을 텐데?

어쩌면 아로아가 내 말을 가로막으려고 일부러 말을 꺼낸 걸지도 모른다는 생각이 들었다. 그런 거라면 내 질문은 나오지 않는 편이 좋다는 의미겠지. 나는 그저 전마협에서 시간의 마법소녀와 성공리에 접촉했는지를 물어보려고 했을 뿐인데…… 이제 관계자도 아닌 내가 그런 중요한 사실을 궁금해하는 건 좋지 않다는 걸 점잖은 방식으로 일깨워주려고 한 걸지도 모르지.

"무슨 질문 하려는지 알아요. 그건 나중에 설명해줄게요."

역시 그렇구나.

"아로아 먼저 얘기해요."

"오늘은 그보다 중요한 다른 이야기를 하려고 왔어요."

갑자기 가슴이 세차게 뛰기 시작하는 게 느껴졌다. 현재 시점에서 이 세계에 시간의 마법소녀보다 중요한 것이 있다고? 그 얘기를 하러 나를 찾아왔다는 건, 그게 나와 조금이라도 관계가 있는 일이라는 거겠지?

한번 속지 두번 속냐는 생각도 들었지만, 어쩌면 내가 여전히 혹은 이번에야말로, 시간의 마법소녀만큼 — 혹은 그보다 — 중요한 존재일지도 모른다는 생각을 하니 저절로 마음이 부풀어 올랐다.

"그동안 많이 생각해봤어요. 아로아미러가 당신을 그토록 뚜렷하게 보여준 이유에 대해서."

나는 침 삼키는 소리가 아로아에게 들리지 않기를 바라며 고개를 끄덕였다.

"나라고 거울의 모든 기능을 다 아는 건 아니거든요. 사용설명서가 있는 것도 아니잖아요. 다만 모든 마구가 그렇듯 아로아미러 역시 사용자의 상상력에 응답하게 되어 있어요."

갑자기 아로아가 우뚝 멈춰 서더니 내 눈을 뚫어져라 들여다보았다.

"전에 내가 지켜주겠다고 했던 거 기억해요?"

언제 그랬지? 아, 히드로공항에서 그랬던가. 얼른 고개를 끄덕이자 아로아가 내 두 손을 잡았다.

"그거예요."

"그게 뭔데요?"

"지켜주겠다고 했던 거요."

예? 하며 눈을 가늘게 뜨자 아로아는 맞잡은 내 양손을 붕붕 흔들며 말했다.

"당신은 내가 지켜줘야 할 단 한 사람이었던 거예요. 세상에서 가장 중요한 마법소녀가 아니라, 나에게 가장 중요한 사람이었던 거라고요."

비는…… 어느새 그친 걸까?

문득 아로아가 손에서 우산을 놓았는데도 어째서 우리가 비를 맞고 있지 않은지 신경이 쓰여서 하늘을 올려다보았다. 비는 여전히 내리고 있었지만 아로아의 우산이 저 혼자 둥실 떠올라 우리의 머리 위를 지키고 있었다.

"당신이 나의…… 운명인 거예요!"

그 어느 때보다도 확신에 찬 아로아의 목소리가 어쩐지 머나먼 곳에서 들려오는 것처럼 들렸다.

# 마법소녀도 곤란한 것

복잡한 마음이 그대로 얼굴에 표가 났는지 아로아는 손을 놓았다.

"당장 변화를 바라거나 뭔가를 하자는 게 아니에요. 운명 같은 말, 부담스럽게 들렸다면 사과할게요."

"그……"

그런 게 아니라고 하고 싶었지만 머릿속이 너무 뒤죽박죽이어서 뭐가 아닌지, 아닌 게 뭔지 헷갈렸다.

"하지만 나는 예언의 마법소녀예요. 잘될 거라고 생각하지 않았다면, 이런 말은 꺼내지도 않았을 거예요."

당당하고 씩씩한 표정으로 그런 말을 하는 아로아를 보

니, 말의 내용은 둘째치고, 뭐랄까…… 모든 것이 아무래도 좋다는 생각이 들었다. 잘은 모르겠지만 나도 아로아가 좋아. 아로아와 같은 마음은 아닐 수도 있겠지만 아로아가 계속 곁에 있으면 좋겠어. 어쩌다 나 같은 게 마음에 들었는지는 잘 모르겠지만 그래도, 그건 아로아 마음이니까……

"고마워요."

나의 대답에 아로아는 주먹을 불끈 쥐었다.

"두고 봐요. 반드시 나도 좋아요,라고 말하게 될 거예요."

예언의 마법소녀가 그렇다면 그런 것이겠지. 나는 아로아의 손을 잡으면서 생각했다. 공중에 둥둥 떠 있던 우산이 내려와 아로아의 다른 한 손에 착륙했다. 내가 먼저 아로아의 손을 잡은 것은 지금까지 없던 일이라는 사실을, 한참 걷고 나서야 알아차렸다.

"시간의 마법소녀는 어떤 사람이었어요?"

접촉에 성공했는지 묻는 것보다 이 편이 대답을 듣기 더 쉬울 것 같아서 질문의 방향을 바꿨다. 아로아는 잠깐 나를 물끄러미 바라보더니 내 의중을 알았다는 듯이 빙긋 웃었다.

“우리 편이 아니면 무서운 사람.”

흠, 만나봤다는 거구나. 아마도 나보다 어리겠지? 마구 없이도 스스로 각성한 사람이니 능력도 대단하겠지.

“우리 편이면?”

“좋을 텐데.”

아로아는 엉뚱한 대답으로 문장을 완성했다.

“우리 편이 아니라는 말인가요?”

“아직까지는 딱히 누구의 편도 아니죠. 다만 연대체에 합류하기를 거절한 일이나 그밖의 성향을 보았을 때, 어쩌면……”

아로아는 생각에 잠긴 듯 말을 멈추었다가 말머리를 틀었다.

“마법소녀의 자연각성에는 대체로 계기가 있어요. 트리거(trigger)라고 하죠. 학생이 한명뿐인 작은 학교에 다니던 시골 아이가 친구를 ‘만들고 싶다’는 소망을 강하게 품었을 때 제작의 마법소녀가 되고, 예기치 못한 사고로

부모님을 잃은 아이가 사고를 미리 알 수 있었다면 얼마나 좋았을까, 끈질기게 생각하다가 예언의 마법소녀가 되는…… 그런 거죠.”

아로아 이야기일까? 아로아와 이어진 손에 조금 더 힘을 주면서 그런 생각을 했다. 그게 정말 당신 얘기라면 나와 당신은 내가 알던 것보다 더 많이 닮은 것 같다고. 나와 당신 사이에 운명이 있다는 당신의 말을 믿어버릴지도 모른다고.

“시간의 마법소녀는 어떻게 각성한 건가요?”

내가 묻자 아로아는 곧바로 되물었다.

“사람은 어떤 순간에 ‘지금 이 시간이 멈췄으면 좋겠다’는 생각을 할까요?”

“음…… 너무 행복할 때?”

아로아는 멈춰 서더니 의아하다는 듯 한쪽 눈썹을 높이 치켜올린 채 나를 보았다.

“왜요?”

“글쎄요…… 너무 아프거나 뭔가 끔찍한 경험을 했을 때도 시간이 멈추길 바라겠지만, 다시 시간이 흐르기 시작하면 그 고통을 계속 겪어야 하잖아요. 그럴 때는 시간을 돌려서 다른 선택을 할 기회를 만드는 게 나을 것 같아요. 시간을 통제할 수 있는 힘이 있다면 말이에요. 행복한 시간은 여러번 멈추거나 아니면 느리게 흐르도록 하고."

아로아는 다시 생각에 잠긴 듯 고개를 조금 떨구고 걷다가 다시 입을 열었다.

"시간의 마법소녀는 정확히 반대의 선택을 했어요."

그래서였구나. 내가 시간의 마법소녀와는 완전히 다른 생각을 해서 의아한 눈으로 본 거였구나. 그야 뭐 나는 시간의 마법소녀가 아니니까. 그건 이제 나와는 별 상관없는 일이어서 아로아가 나를 그렇게 쳐다본 게 딱히 신경 쓰이지 않았다. (정말로 전혀 신경 쓰이지 않았다면 이런 생각도 아예 하지 않았겠지만.)

"아주 고통스러운 순간에 시간이 제발 멈췄으면 좋겠다고 간절히 소망했고…… 각성이 일어났죠. 시간이 멈췄어요."

그래서 트리거라고 부르는 걸까? 마법소녀의 자연각성은 어쩐지 대체로 아프고 괴로운 계기로 일어나는 것처럼 들렸다. 괜한 것을 물었다는 생각이 들었는데, 아로아는 아주 조심스레 말을 고르면서 이야기를 이어갔다.

"시간의 마법소녀는…… 그 고통스러운 상황에서 몸을 빼냈고, 자신이 어떤 능력을 얻었는지를 곧바로 깨달았어요. 각성하자마자 그 정도로 능력을 컨트롤할 수 있는 마법소녀는 별로 없는데……"

마치 태어나자마자 똑바로 서서 걷는 네발동물처럼 말이지. 역시 내가 아니라 그 사람이 시간의 마법소녀가 되어서 잘된 게 아닐까. 아니다, 무능하지만 우리 편인 거랑 유능하지만 우리 편이 아닌 것 중에는 전자가 좀 낫지 않나.

"시간의 마법소녀는 자신에게 폭력을 가하던 사람의 시간만을 멈춰서 부엌으로 끌고 갔어요. 체구 차이가 커서 쉽지 않았죠."

"부엌이라면, 집 안에서 일어난 일이었다는 건가요?"

아로아는 고개를 끄덕였다.

"그리고 집에 있는 냄비 중 제일 큰 것에 물을 가득 채워 끓이고…… 아마 냄비의 시간을 가속했겠죠. 순식간에 끓어오른 물에 가해자의 얼굴을 처박은 다음 시간을 원래 속도로 돌려놓았어요."

나도 아로아도 잠깐은 아무 말도 할 수 없었다.

"시간의 마법소녀가 그 얘기를 다 해줬어요?"

"그건 내가 '본' 거예요. 시간의 마법소녀가 각성하던 순간에."

나는 머리를 감싸 쥐고 운동장에 주저앉던 아로아를 떠올렸다. 직접 겪기에도 고통스러운 일이었겠지만, 목격하는 것만으로도 충격이 컸을 텐데. 그날 갑자기 떠나버린 아로아를 조금이나마 원망스러워했던 게 후회되었다.

"그런 걸 봐버려서 미안하지만, 봤기 때문에 이해할 수 있었어요. 왜 그 사람이 시간의 마법소녀가 되어야 했는지. 어째서 전마협에 힘을 보태기를 거절하는지."

아로아는 그렇게 말하고 쑥스러운 듯이 웃었다.

"이런 세계에서 마법소녀가 무조건 선하기를 바라는 건 동화에 나오는 요정이 진짜 있다고 믿는 것보다 더 비현실적이에요. 그걸 이해해버리니까…… 힘드네요."

정말 그렇네.

이 세계에 존재하는 마법소녀들은 무조건 착할 수 없고

착할 필요도 없다. 이건 만화가 아니니까. 사랑과 희망, 선의 같은 것을 사람들에게 나눠주면서 우주에서 온 외계인이나 어떤 마법세계에서 온 존재들과 맞서는 게 아니라, 먹고사는 일에 몸과 마음을 다쳐가면서 보통 사람들과 크게 다르지 않은 방식으로 살아가고 있으니까. 마법의 힘을 물리 법칙으로 설명할 수 없다는 점만큼은 만화와 크게 다르지 않지만, 불행하게도 모든 것이 만화 같지는 않아서, 이 세계에서 마법소녀와 누군가가 싸우면 누군가는 다친다. 누군가는 피를 흘린다. 그 누군가란 필연적으로 마법소녀와 같은 인간. 그렇지만 싸우지 않을 수도 없다. 시간의 마법소녀가 각성한 사례가 그렇듯, 마법소녀로서의 최초의 싸움은 자신을 지키기 위한 전투니까.

그렇지만, 그렇다면, 혹시, 만약, 마법소녀와 마법소녀가 서로 싸워야 한다면? 시간의 마법소녀를 두고 아로아가 한 말이 자꾸 생각났다. 우리 편이 아니라면 두려워할 만한 사람.

"우리 처음 만났을 때 나한테 그걸 물어봤었죠, 소녀가 아니어도 마법소녀가 될 수 있느냐고."

아로아가 문득 말했다. 아, 응, 네. 생각에 잠겨 걷다가 급하게 대답했더니 아로아는 한숨을 길게 내쉬었다.

"이론이라기엔 너무 어설픈 얘기지만, 내 생각은 이래요. 뭐랄까, 세계의 의지가 힘의 균형을 이루려 하는 거예요."

"균형?"

"마법소녀가 생겨나는 이유는 그 사람에게 그 힘이 가장 필요했기 때문이니까. 거꾸로 말하면, 각성 직전의 마법소녀란 세계에서 가장 취약한 존재."

어느덧 집 앞이었다. 잠깐 앉아서 차라도 한잔 하겠느냐고 권하고 싶었지만 (여전히 우리 집에는 권할 차가 없다는 점은 차치하더라도) 그래도 고백을 받은 직후여서 들어오라고 하기가 민망했다.

"가장 약한 존재들에게 가장 필요한 힘이 부여되기 때문에 소녀들에게만 마법의 힘이 부여되는 것처럼 보이는 게 아닐까. 그게 내 생각이에요."

아로아는 그 말을 남기고 돌아섰다. 점점 멀어지고 작아지더니 골목길을 돌아 사라지는 아로아의 뒷모습을 보면서 나는 계속 손을 흔들었다. 지켜준다고 호언장담할 땐 언제고 돌아보지도 않고 그냥 가는 거야. 입술을 삐죽 내밀고 집으로 들어가다가 혹시 아로아도 부끄러웠던 걸까, 하고 생각해보았다. 늘 택시를 타고 다니던 아로아가 우산을 들고 걸어서 나를 데리러 와준 점에 대해서도.

갑자기 날씨의 마법소녀가 되고 싶어졌다.

아로아가 집으로 돌아가는 길에는 비가 내리지 않았으면. 두 손을 모으고 눈을 꼭 감고 힘주어 기원해보았지만 창문을 두드리는 빗소리는 여전했다. 날씨의 마법소녀가 될 수만 있다면 시간의 마법소녀가 아니더라도 아로아에게, 그러니까 전마협에 큰 도움이 될 수 있을 텐데. 하지만 아무리 생각해도 내 소망은 너무 힘이 없었다. 나보다야 소풍날 비가 오지 않기를 바라는 어떤 아이 쪽에 날씨의 마법소녀로서의 소질이 풍부할 것 같았다.

그럼 나는 대체 무슨 마법소녀가 될까.

아마도 엄청나게 하찮은 능력을 지닌 마법소녀가 될 가능성이 높겠지. 지니고 나간 기억도 없는데 어느새 주머니에서 나온 신용카드 모양 마구를 쥔 채로 나는 생각했다.

아마 곧 아로아도 알게 될 거야. 아로아처럼 멋진 사람은 나 같은 애와는 어울리지 않는다는 사실을.

그런 생각을 하고 나니 마음이 조금 아파졌다.

# 장미꽃을 든 마법소녀

멀리서 관찰할 수 있다면, 이런 것을 보고도 균형이라 할 수 있을지 모른다. 어떤 대륙에서는 산불이 타오르는데 동시에 어떤 대륙에서는 대홍수가 일어나는 것. 이 행성 표면의 어느 한 점이 극도로 고온건조해졌을 때 다른 편 또 어느 한 점은 대야에 떨어진 종잇조각처럼 흐물흐물하게 젖어서 퍼져버리는 것. 한파도, 무더위도, 해수면 상승도 토네이도도 이 거대한 구체의 어느 한 점 위에서 일어나는 작은 일. 그 모두를 합치면 그저 평균이 된다…… (되겠지?) 한 행성의 기온과 습도의 평균.

멀리서 관찰하는 눈이 실제로 있다면, 그 눈의 주인은

아마 그 점 하나하나에 엄청나게 많은 생명체들이 살고 있으리라고는 상상하지 못할 것이다. 산불이 일어나면 수많은 동식물이 목숨을 빼앗긴다. 태풍이나 해일로 대홍수가 일어날 때마다 수많은 사람들이 살 곳을 잃고 심한 경우 죽음에 이르기도 한다.

이런 일들은 아주 오래전부터 일어났을 것이다. 딱히 기후 재난이 아니더라도. 이 행성이 물을 품고 있고, 약간 기울어진 축을 중심으로 회전하고 있으며, 거대한 열과 빛의 구체 주변을 크게 둘러 달리고 있기 때문에 생기는 일. 비슷한 이유에서 이 행성에는 생명체가 살 수 있게 되었지만, 그렇게 태어난 생명체들은, 저항하기에는 너무 거대한 적과 공존하기 위해 계속해서 발버둥질해왔을 것이다. 기후라는 친밀한 적으로부터…… 최소한 자신을 지키기 위해서.

그러니까 기후의 잔인성이란 당연하다면 당연한 것이고, 애초에 인격을 갖지도 않은 어떤 현상에 자비심을 바라는 것이야말로 순진한 생각이다. 그렇지만 원래도 전혀 다정하지 않았던 그것이 이제는 재난이라 불리는 데에도 까닭이 있을 것이다. 수천수만년간 함께해왔기 때문에 얼마간 파악된 것처럼 보였던 그것의 성향이 어느덧 훨씬 사나워지고 종잡을 수 없어졌다는 것. 더위와 추위가 갈수록 심해지는 것은 물론, 일년에 한두번 우리나라를 지나갈까 말까 하던 태풍이 여름 내내 발생하고, 빙하가 녹아 흐른 물 때문에 땅이었던 곳이 바다가 되고…… 무엇보다도 앞으로 더 많은 변화가 더 빠른 속도로 일어날 것이라는 점이 가장 무서운 것이다. 입안에 물고 있던 사탕이 작아질수록 점점 더 빨리 녹아가는 것처럼.

아로아를 만난 날부터 내리기 시작한 비는 나흘이 되도록 그치지 않고 있었다.

거리에 빗물이 고이기 시작해서 반지하인 우리 집에도 물기가 침범해 왔다. 누군가 건물 현관문을 열 때마다 엎질러지듯 빗물이 계단으로 흘렀고, 그게 쌓여서 우리 집 문틈으로 조금씩 스미는 것이었다. 현관으로 새어 들어온 물기를 닦은 걸레를 짜면서 생각했다. 이대로라면 문 앞 복도에 물이 차오를 테고, 그러면 우리 집도 물에 잠기는 건 시간문제겠지. 이 비가 그치지 않는다면.

걸레를 의자 등받이에 걸고 돌아서다가 벽 한가운데에 작고 검은 얼룩이 생긴 것을 발견했다. 곰팡이가 피기 시작한 기미인지 내가 잡았던 벌레의 흔적인지 확인하려고 들여다보다가, 조금 위에 그대로 머리를 박은 채로 눈물을 닦았다.

저녁에 출근은 어떻게 하지?

새삼 다른 사람들이 대단하게 느껴졌다. 길에 빗물이 넘치는데도 누군가 자꾸 현관문을 여닫는다는 것은, 비가 이렇게 오는데도 위층 사람들이 생활을 지속한다는 의미니까. 출근하고 퇴근하고 필요한 것을 사러 가게에 다녀오고, 그런 일들을 여전히 멈추지 않았다는 뜻이니까. 그렇다면 나도 그렇게 해야 한다. 보통이라도 되기 위해서는 보통만큼의 노력은 해야 하는 거다. 그 보통 사람만큼의 노력이라는 것이 하필 큰비가 여러날 이어지는 와중의 첫 출근이라는 게 조금 억울하고 기막히지만……

날씨를 감안해서 조금 일찍 집을 나섰다. 어차피 조끼 유니폼을 껴입어야 해서 근무복에 따로 제한은 없지만 긴 바지와 앞코가 막힌 신발을 착용해달라고 했는데, 그런 옷을 입고서는 발목까지 물에 잠기는 길을 헤치고 길 건너 동네 편의점까지 갈 수가 없어서 가방에 따로 챙기고 슬리퍼를 신었다. 슬리퍼가 꺼덕거리며 발에서 떨어져 물살을 가를 때마다 노를 젓는 듯한 느낌이 들었고 슬리퍼와 발바닥 사이로 물이 지나가는 게 간지럽고 꺼림칙했다.

당연하다면 당연하게도, 편의점은 무사히 영업 중이었다.

"아가씨! 안 오는 줄 알고 내가 얼마나 걱정했게."

점장의 말에 시간을 보니 근무 시작 시간 삼분 전이었다. 헐레벌떡 바지를 갈아입고 신발을 바꿔 신고 조끼를 꿰어 입고 나와 카운터 앞에 서자 점장은 잔소리를 한바탕 늘어놓았다. 아무리 시급 받고 하는 일이라도 여덟시 땡 치고서야 일 시작한다고 생각해선 안 된다, 오늘처럼 옷 갈아입을 일 있고 하면 더 일찍 왔어야 한다, 더군다나 첫 출근이어서 일할 것보다 배울 것이 많은데 시간 딱 맞춰 와버리면 어쩌란 말이냐…… 좀더 일찍 오는 것이 좋다는 것까지는 알겠는데, 크게 잘못한 것도 없이 출근하자마자 혼만 나는 것 같아서 주눅이 들었다.

점장은 몇시에 무슨 일을 해야 하는지, 무엇을 주의해야 하는지를 귀가 따가울 만큼 세세하게 알려주었다. 출근하고 한시간쯤 뒤면 유제품과 아이스크림류가 입고된다. 밤 열두시가 되면 그날의 현금 매출을 금고에 넣어야 한다. 무슨 일을 하고 있었더라도 손님이 들어오면 일단 내려놓고 카운터로 돌아갈 것. 새벽 두시에 김밥, 샌드위치류가 입고된다. 받아서 검수기로 찍고 매대에 진열해야 한다. 선입선출이라고, 유통기한이 빠른 것이 먼저 나가는 게 원칙이니 오늘 받은 제품은 매대 가장 뒤쪽으로 가게 넣어야 한다. 폐기 제품은, 원래 그러면 안 되지만, 가져가서 먹어도 눈감아주겠다. 유통기한 한두시간 지난 삼각김밥 같은 건 팔지는 못하지만 먹는다고 탈이 나지도 않는다. 찝찝하면 버리고 괜찮으면 먹어도 된다. 이것도 아까워서 자기가 가져가려고 싸서 냉장고 뒤쪽에 두라고 하는 점장들 많다. 나 같은 사람이 별로 없다. 냉장고 얘기가 나왔으니 말인데 다른 매대 재고 보충은 낮에 내가 할 테지만, 음료수는 좀 채워뒀으면 한다. 아침 여섯시쯤 쓱 봐서 예를 들어 콜라가, 알로에주스가 좀 비어 보인다 싶으면 줄을 세워주란 얘기다.

네. 아, 네. 네네. 넵. 알겠습니다. **넵!**

마지막으로 화장실 사용법을 배웠다. 왼쪽으로 돌아가서 반층 올라가면 같은 건물 노래방과 함께 쓰는 화장실이 있는데 평소에는 잠겨 있고 열쇠는 여기 있고 휴지는 내부에 있는데 세면대가 없어서 손은 스태프룸에서 씻어야 하고…… 뭐 마려운 걸 도로 빨아들일 수야 없겠지만 웬만하면 손님이 적은 두시에서 세시 사이에 다녀왔으면 한다고 점장은 귀띔했다.

막연히 생각하기로는 우산이 많이 팔릴 것 같았지만, 오히려 우산을 찾는 손님은 없었다. 하긴 다시 생각해보니 요즘처럼 비가 내내 오는 때에는 모두들 집을 나설 때 이미 우산을 들고 있을 테니 집 앞에 다 와서 갑자기 고장 나는 경우가 아니고서야 편의점에 들러 일부러 우산을 살 일도 없을 듯했다. 일단 비 오는 주말 밤이어서 밖에 나다니는 사람도 없겠거니 했는데 묘하게 손님은 끊이지 않았다.

두시 무렵부터 점장이 꾸벅꾸벅 졸기 시작했다. 그러고 보니 두시에서 세시 사이에 화장실에 다녀오라고 했지, 그때 손님이 적다고. 점장이 직접 가르쳐주지는 않았지만, 이 무렵에 점장처럼 눈을 좀 붙여두어도 괜찮겠구나…… 그런 생각을 하다가 점장이 손에 쥐고 있는 휴대폰을 보았다. 휴대폰 화면에는 요즘의 이상 기후에 대한 유튜브 영상이 떠 있었는데, 졸고 있는 점장의 손안에서 음소거 상태로 계속 재생 중이었다. 드문드문 뜨는 자막 내용에 따르면 전문가들도 지금 내리는 긴 비에 대한 뚜렷한 소견을 내놓지 못하고 있었다. 모든 것은 이미 시작된 이상 기후, 기후 재난 때문. 평균 기온 변화와 빙하 후퇴로 인한 해수면 상승 때문. 정말 그럴까……?

그 의견이 틀리다고 할 생각까지는 없었지만 내게는 다른 의심이 있었다. 어쩌면 이 날씨와 시간의 마법소녀 사이에 어떤 연관이 있을 것 같다는. 한동안 내 주변에서 일어난 잡스러운 변화들을 시간의 마법소녀 탓으로 돌렸던 건 그냥 내 마음이 좁기 때문이었지만, 이 날씨야말로 분명 시간의 마법소녀의 의지에서 어떤 영향을 받은 게 분명하다는.

점장의 휴대폰에서 재생되던 영상이 끝났다. 알고리즘 자동추천으로 재생된 다음 영상은 조금 이상했다. 평범하게 생긴, 너무 평범하게 생겨서 나이도 잘 짐작되지 않는 어떤 여자가 장미꽃 한송이를 든 채 그저 카메라를 똑바로 보며 뭐라 뭐라 말하고 있을 뿐이고, 영상 길이가 이분을 조금 넘는 정도인데, 조회수가 엄청나게 높았다. 뭐 때문에 그렇게 조회수가 높은 거지?

이상 기후와 무슨 상관이 있기에 방금 나오던 내용과 연관된 동영상으로 나오지?

이 의문이 곧장 위화감으로 이어졌다. 그 영상에서 나오는 소리를 들어보게 해달라고 하려고 어깨에 손을 얹었더니 점장은 소스라치며 깨어났다.

"어어, 내가 살짝 졸았네."

점장은 침이 흐르지도 않은 입가를 허둥지둥 닦으며 민망해했다.

"나 아침에 다시 올 테니까, 매장 청소랑 자잘한 거는 이따 또 배우자? 모르는 거 있으면 전화하고."

점장은 유니폼 조끼를 벗어들고 분주히 스태프룸으로 갔다가 몇초 지나지도 않아 가방을 챙겨 나오더니 내 인사도 받지 않고 떠났다. 순간적으로 점장의 퇴근 기세에 압도되었다가, 조금 뒤에야 다시 문제의 영상을 떠올렸다. 뭐라고 검색해야 나오지. 휴대폰을 꺼내 들고 인터넷 앱을 켜자마자 그런 고민을 할 필요도 없었다는 걸 알게 되었다. 실시간 검색어 순위에는 이미 '시간의 마법소녀'가 떠올라 있었다.

어렵지 않게 그 영상을 다시 찾아 이번에는 소리와 함께 보았다.

"안녕하세요. 저는 이미래라고 합니다."

얼굴만 보았을 때에는 열일곱살이라고 해도 스물다섯살이라고 해도 그러려니 할 법한 느낌이었는데 목소리는 확실히 소녀 같은 느낌이 들었다. 어린 티가 나는 목소리와 침착하고 어른스러운 말투가 묘한 부조화를 일으키기도 했다. 나도 모르게 혼잣말을 내뱉었다. 어쩜 이름도 미래람? 시간의 마법소녀로 태어난 사람답게.

"저는 가정폭력 생존자입니다. 이런 단어만으로 저를

정의하고 싶지는 않지만, 우선 소개는 이렇습니다.”

장미꽃을 들고 있는 것은 그런 의미에서일까? 나는 휴대폰을 바짝 당겨 들여다보았다. 이미래는 차분하게 말을 이었다.

“또한 최근 알 수 없는 계기로 설명할 수 없는 힘을 손에 넣게 되었습니다. 여러분이 잘 아실 법한 개념으로 표현하면, 마법소녀로 각성한 듯합니다. 보다 구체적으로, 한국의 대표적인 마법소녀 연대체인 전국마법소녀협동조합에서 알려주신 바에 따르면, 저는 시간의 마법소녀라고 합니다.”

이 때문일까? 영상의 조회수가 이렇게나 높은 까닭은. 강력한 힘을 가진 마법소녀가 자기의 존재를 드러낸 영상이어서?

“전마협에서는 마법소녀가 된 저에게 기후 재난으로 인한 세계멸망을 저지하자는 제안을 해 왔습니다. 시간의 마법소녀만이 할 수 있는 역할이 있다고 말입니다. 이제 막 마법소녀로 각성한 저의 능력을 높이 평가해준 것에는 감사하지만, 저는 그 뜻에 동참하기 어렵다는 말씀을 드렸습니다. 지금 대한민국 국민, 대한민국을 넘어 모든 지구인들에게 드리고 싶은 말씀과 같은 뜻입니다."

아로아가 했던 말이 머릿속에서 울렸다. 시간의 마법소녀, 우리 편이 아니라면 무서운 사람.

"저는 지구에 인류의 존재가 불필요하다고 생각합니다."

이미래는 이렇게 말한 후에 말을 잠시 멈추었다.

"최초에는 저의 사적인 고통에서 시작된 생각입니다. 하지만, 보다 큰 차원에서도 저의 의견이 옳다고 믿습니다. 인간의 역사는 투쟁의 역사입니다. 지구인은 서로에게 해를 끼치고 이 행성에도 해를 끼칩니다. 저는 저와 같은 믿음을 가진 사람에게 이 힘이 주어진 데에 큰 의미가 있다고 생각합니다.

따라서 이 힘을 사용하여 보다 빠른 인류멸망을 이루고자 합니다. 아무리 마법소녀라 하더라도 그런 것이 가능할까, 의심하셔도 좋습니다. 제가 시간의 마법소녀라는 것 자체를 믿기 어려우실 수도 있겠습니다. 만일 그런 분이 있다면 이 영상을 처음부터 다시 보시기를 권합니다."

그건 무슨 뜻이지? 나는 이미래의 말이 거짓이 아니라

는 것을 알면서도 영상 하단의 슬라이더를 앞으로 돌렸다가 오초씩 건너뛰며 다시 보았다. 정확히 똑같은 내용의 영상이 반복되었다. 아까 보다 만 지점에 다다르자 이미래는, 이어서 이렇게 말했다.

"제가 지닌 힘을 이해하신다면 이 계획의 실행을 막는 것이 불가능하다는 것도 이해하실 것입니다. 인류가 지금이라도 그간의 어리석음을 깨닫고 마지막을 준비하기를 바라며 알립니다. 지금부터 기후 재난의 도래가 가속됩니다. 아이디어를 주신 전국마법소녀협동조합에 감사드립니다."

자신의 휴대폰으로 직접 찍은 듯한 그 짧은 영상의 끝에서 이미래는 쥐고 있던 장미꽃을 내려놓았다. 그제야 영상을 처음부터 다시 보라는 말의 뜻을 이해할 수 있었다. 이미래의 말과 표정에 집중하느라 눈치채지 못하고 있었으나, 영상이 시작될 때에는 생생한 꽃봉오리 상태였던 장미꽃이 이분 남짓한 이미래의 연설 시간 사이에 완전히 시들어 있었다. 시간의 마법소녀가 장미꽃의 시간을 가속했기 때문에.

그렇게 할 힘이 자신에게 있음을 증명하기 위해서.

# 마법소녀 대 마법소녀

니들은 이걸 믿냐, 조작 영상이다, 꽃 한송이를 고속촬영해서 CG로 합성한 게 틀림없다, 이게 조작이면 왜 이렇게 조회수가 높냐, 조회수가 높은 거 자체가 니들이 다 호구라는 증거다.

댓글난에서 벌어진 무의미한 설전을 한참 동안 들여다보다가 영상을 껐다. 시간의 마법소녀가 각성했음을 미리 알던 많지 않은 사람 중 하나로서 (그걸 나의 행운으로 여겨야 할지 불운으로 여겨야 할지는 모르겠다.) 나는 이미래가 시간의 마법소녀라는 주장을 의심할 수 없었다.

또한 내가 아는 사실들을 바탕으로 추정하건대, 이미래

가 이 영상을 이런 식으로 찍은 것은 그가 시간의 마법소녀로서 보여줄 수 있는 최선의 관용이었다. 각성 즉시 능력을 자유자재로 사용했던 이미래라면, 더 잔인하고 직접적인 방식으로 자신의 능력을 보여줄 수도 있었다. 가령 사람을 하나 세워두고 그 사람의 시간을 초고속으로 흐르게 해서 노화에서 사망까지 보여준다든지, 돌멩이를 던진 뒤 가속해서 그 사람의 몸을 꿰뚫어버린다든지…… (그런데 이런 방식이라면 스너프필름이나 다름없어서 유튜브에서 영상을 삭제해버렸을지도?)

애초에 인류의 종말을 목표로 한다고 했으니 예의 바른 자기소개 따위는 생략할 수도 있었을 것이다. 마음만 먹으면 지구의 시간을 멈춰 자전을 방해하는 것만으로도 모든 것을 간단히 끝낼 수도 있는 사람인걸. 내리는 빗줄기를 가속해서 길을 걷는 사람들을 모두 없애버릴 수도 있는, 무시무시한 능력을 지닌걸.

그런데 그런 사람이 '이 아이디어를 준 것은 전국마법소녀협동조합이다'라는 말을 해버리는 바람에 전마협의 입장이 곤란하게 됐겠구나. 오금이 저릿저릿한 느낌이 들었다. 아로아가 걱정되어서. 전화를 걸어볼까. 그러기에는 늦은 시각. 그렇지만 대책회의 같은 걸 하느라 깨어 있을 수도 있지 않을까. 그건 내 생각이고 오히려 잠을 깨우는 거라면 민폐도 그런 민폐가 없겠지.

마음이 괜히 분주해져서 서 있기도 곤란하고 앉아 있기도 불편했다. 매장 안을 이리저리 걸어다니면서, 만약 이런 곳에서 버틴다면 인류의 마지막 생존자 같은 게 될 수 있을까…… 상상했다. 얼마나 그러고 있었을까, 점장이 와서는 이왕 안 자고 있을 거 청소라도 하지 그랬냐고 야단을 쳤다. 기분이 그렇게 나쁘지가, 정확히 말하면 나빠야 할 것 같은데 나빠지지가 않았다. 곧 우리 모두 끝장이 나게 생겼는데 편의점 청소 같은 게 대수일까요…… 그보다 청소는 이따 배우자면서요, 뭘 사용해서 어찌어찌하라고 가르쳐주지도 않았잖아요. 그런 말을 할 수도 있었겠지만, 오랜만에 밤을 새워서인지 이미래 영상을 본 탓인지 말대꾸할 기운도 없었다.

세상 쓸모없게 느껴지는 편의점 청소를 마치고 유통기한이 조금 지난 삼각김밥을 받아 나왔다. 아침 여덟시인데도 비 때문에 퇴근길은 어두컴컴했다. 일하다 문득문득 집에 빗물이 얼마나 들이쳤을지 걱정하기도 했는데, 퇴근해서 확인해보니 다행히 아직은 걸레로 수습 가능한 정도였다.

씻고 자리에 누웠지만 피곤하기만 했지 영 잠이 오지 않았다. 앞으로 어떤 일이 벌어지든 일단 오늘 밤에도 출근은 해야 하니까 잠은 자두는 게 좋을 텐데. 뒤척거리다 휴대폰을 보면 이삼십분이 아무렇지 않게 흘러 있어서 어리둥절했다.

신경 쓰이게시리 '시간의 마법소녀'는 계속 인기검색어 자리에 있었다. 보고 나면 분명 후회할 거라는 사실을 알면서도 자꾸 클릭해서 관련 뉴스를 확인하게 되었다. 전문가 소견에 따르면 이미래의 영상은 합성 등의 조작이 일절 없음. '마법소녀 사유화에 반대하는 모임' 등 국내 마법소녀 관련 단체에서 일제 성명문 발표. 세계 기후 위기 감시기구에서 시간의 마법소녀에 대항하여 연합전선을 구성할 가능성……

아무리 마법소녀라지만 여자애 하나를 상대로 전쟁이

라도 선포하겠다는 의미인가? 벌떡 일어나서 액정을 유심히 들여다보다가 도로 누웠다. 당장은 잠을 자야 한다고, 제발.

열한시가 되자 포털사이트 검색창 바로 아래에 LIVE● 표시가 붉게 점등되었다. 타이틀을 보니 클릭하지 않을 수 없었다.

**〔전국마법소녀협동조합〕 의장 기자회견**

발표대 옆에서 고개를 깊이 숙여 인사하는 연리지 의장님의 모습이 화면을 가득 채웠다. 플래시 세례가 쏟아졌다. 의장님은 자세를 바로 하고 발표대에 서서 마이크를 조금 높게 조정한 뒤 차분한 목소리로 회견문을 읽기 시작했다.

"존경하는 국민 여러분. 정부에서는 두가지 질의에 답해줄 것을 요구하며 이 자리를 주선해주었습니다만, 이에 답하면서 더욱 중요한 사안을 말씀드리려 합니다. 길지 않은 이야기이니 부디 끝까지 귀 기울여 들어주시기를 부탁드립니다. 첫째, 현재 크게 이목을 끌며 국민적 불안을 상승시키고 있는 시간의 마법소녀 영상 진위 여부는."

의장님은 전마협 차원에서 시간의 마법소녀의 존재를 확인했으며 영상의 주인공 이미래가 바로 그 사람이라고 확실하게 답변했다. 우리나라뿐 아니라 전세계 각지에서 마법소녀들이 활동한다는 것은 모두가 인지하고 있으나 이번처럼 본인이 마법소녀임을 밝힌 사례는 매우 드물었기에 국민적 동요가 일어난 것도 무리는 아니라고. 다음 두번째 질문, 시간의 마법소녀가 실재할 경우 영상 내용처럼 위협적일 것인가? ……질문들의 의도는 시간의 마법소녀로 인해 빚어진 전국적인 불안의 실체를 확인하고 해소해달라는 것인 듯했다. 의장님은 목이 멘 것처럼 얼굴을 조금 찌푸리며 고개를 돌렸다가 자세를 바로잡았다.

"제가 몸담은 전국마법소녀협동조합은 국내 마법소녀 연대체 중 가장 대표성이 있는 단체이며, 전마협에는 한국에서 활동 중인 삼백여명의 마법소녀 중 과반이 소속되어 있습니다. 오늘 이 자리에는 저 혼자 서 있으나 지금 이 순간부터 모든 구성원이 시간의 마법소녀를 저지하기 위해 총력을 기울일 것입니다."

시간의 마법소녀가 실제로 그렇게 위협적인 존재인가

에 대한 질문에 구성원 머릿수로 대답하는 것은 조금 이상하게 들렸다. 긍정적으로 해석하면 우리가 이렇게 쪽수가 많으니 걱정하지 말라는 뜻이 되겠지만, 부정적으로 해석하면 전부 모여야 할 만큼 상대의 힘이 강력하다는 뜻도 될 것 같았다. 어쨌든 시간의 마법소녀와 대적해야 하는 것만은 피할 수 없는 기정사실이 되었다……는 의미도 담겨 있음을 나는 조금 늦게 알아차렸다.

"이보다 더욱 중대한 사안이란, 이 순간 이후의 세계가 어떻게 안전할 수 있을지에 대한 마법소녀들의 질문입니다."

의장님은 눈도 깜빡이지 않고 계속 말했다. 플래시가 끊임없이 터져서 앞을 제대로 보기 힘들 텐데도.

"전마협 안팎의 모든 마법소녀들이 힘을 합쳐 시간의 마법소녀를 저지하면 그때부터 기후 재난이 안정되는 것이 아닙니다. 비유하자면 이미 시한폭탄의 카운트다운은 시작되었는데, 그 시간을 앞당기는 존재가 나타났을 뿐입니다. 국민 여러분, 시간의 마법소녀를 저지한 이후의 세계에 대한 상상력을 요구합니다. 최선을 다해 시간의 마법소녀를 '설득'하는 것은 저희의 몫입니다만, 성패를 떠나 국민 여러분께서 이 사태를 최후의 경고로 받아들여주시지 않는다면 아무런 의미도 없을 것입니다."

의장님의 발언이 끝났다. 질문을 하려는 듯 자리에서 일어난 기자들의 뒤통수가 불쑥불쑥 카메라를 가렸고, 곧 라이브 방송이 종료되었다. 가슴이 불규칙적으로 두방망이질했다. 이후의 세계를 상상해달라는 말은 시간의 마법소녀를 제압할 수 있다는 자신감을 암시하는 것 같았지만 '성패를 떠나'라는 말은 반대의 의미로 느껴졌다. 만약 지면 어떻게 되는 거지? 그런데 시간을 손가락 접었다 펴는 것처럼 제어하는 존재를 상대로 이기는 게 가능한가?

무엇보다 결국 마법소녀와 마법소녀가 서로 싸워야 한다는 점, 그건 무서운 것과도 불안한 것과도 구분되는 불쾌감을 주는 사실이었다. 일련의 사태들을 겪으면서도 나는 시간의 마법소녀를 나쁜 사람이라고 생각할 수가 없었다. 조금 극단적이기는 해도 어쨌든 나름의 신념을 가지고 움직였고, 의장님의 비유처럼 인간들이 원래 불을 당겨놓은 폭탄의 카운트다운을 빠르게 할 뿐, 최소한 보다

고통스럽고 잔인한 방식을 추구하지는 않으니까. 그런데 시간의 마법소녀를, 이미래의 의지를 저지한다는 건, 여차하면 그 사람을 해쳐야 한다는 의미로밖에 들리지 않았다. 그건 또한, 그 사람을 상대할 수많은 마법소녀들 역시 목숨을 걸어야만 한다는 의미.

어떡하지…… 하다가 까무룩 잠이 들었던 모양이다. 잠들기 직전까지 했던 생각 때문이었을까, 깨어나자마자 가슴이 뛰었다. 전마협, 시간의 마법소녀, 아로아. 이름과 단어들이 두서없이 머리를 스쳤고 그 와중에 내가 팔자 좋게 잠들었다는 게 믿기지 않아 나도 참 나구나 하고 코웃음을 피식 흘렸다.

“낮잠 잔 거예요?”

나는 비명을 질렀다. 아로아가 쪼그려 앉아 나를 내려다보고 있었다. 그러고 보니 우리 집도 아니었다. 막 깨어나 시야가 좁아서 몰랐지만 눈을 비비고 다시 보니 주변에는 아로아 말고도 사람이 꽤 많았다. 장소는 무려 텅 빈 8차선 도로 위였다. 그런 곳에서, 그런 상황에, 나는 자고 있었던 것이다.

"여기가 어디…… 아니 지금 몇시…… 뭐죠, 이게 다?"

두리번두리번 고개를 돌리다 의장님이 커다란 무선청소기를 기타리스트처럼 들고 허공을 향해 휘두르고 있는 것을 보았다.

"조합원들을 소환하고 계신 거예요. 의장님이 마구를 만들어준 마법소녀들을요."

아, 마구…… 잠옷 삼아 입는 낡은 반바지 주머니에 손을 꽂아보자 카드가 손에 잡혔다. 어안이 벙벙했지만 그렇다고 하니 그런가보다 하고 고개를 끄덕였다. 아무것도 없는 허공을 찢으며 마법소녀들이 속속 도착하고 있었다. 마침맞게 낯익은 얼굴이 나와 아로아 앞의 허공에서 튀어나왔다.

"어!"

최희진도 나를 알아보고 반가움과 불쾌함이 묘하게 섞인 듯한 표정을 지었다.

"에이 씨, 이런 상황까지 견학이야? 민간인 좀 달고 다니지 말자고 했잖아, 내가."

아로아가 한마디 해주려는 듯 벌떡 일어나 허리에 손을

없었는데, 내가 선수를 쳤다.

"견학 아니에요. 마구 때문에 온 거예요."

"언니, 마구 있어?"

나는 조금 우쭐해하면서 카드를 꺼내 최희진에게 보여주었다.

"능력이 뭔데?"

"아직 각성을 못했어요."

"씨, 민간인 맞구먼. 걸리적거리지 말고 구석으로 가 있어."

어차피 자기가 다른 쪽으로 갈 거면서 최희진은 그렇게 말했다. 나는 최희진에게 손을 흔들어주고 아로아에게 물었다.

"그런데 여기는 어디에요? 지금 무슨 상황이고요?"

"여기는 전마협 훈련 전용 아공간(亞空間)이에요. 예전에 희진씨가 만들어둔 거고요. 혹시 오늘 기자회견 봤어요?"

"네."

그걸 보다가 잤거든요.

"시간의 마법소녀를 이쪽으로 데려와서 제압하는 작전

을 펼칠 거예요."

아로아는 누가 들을세라 염려라도 하듯 내 쪽으로 몸을 기울이며 속삭였다.

"주목!"

의장님의 목소리였다. 의장님은 주머니에 청소기를 넣고 접부채를 두개 꺼내 펼치더니 땅바닥을 향해 날갯짓하듯 부쳤다. 그러자 의장님의 몸이 가볍게 떠올랐다. 나도 모르게 우와, 했는데, 의장님이 그러는 걸 처음 본 사람은 나밖에 없는 모양이었다.

"멋지죠? 마법소녀 워크숍 중에 비행 훈련이 있어요. 나중에 들어봐요. 능력을 최적화하는 방법 중 하나이기도 하거든요. 능력을 어떻게 사용해야 날아오를 수 있을지 창의적으로 떠올려야 하니까요."

"아로아도 날 수 있어요?"

"제 경우엔 어떻게 해야 죽지 않고 낙하할 수 있을까에 가깝긴 하지만…… 관점에 따라서 가능은 하죠."

의장님은 주변을 둘러싼 마법소녀들이 누구나 자신을 볼 수 있는 높이가 될 때까지 부채질을 계속했다.

"시간의 마법소녀 생포 작전의 브리핑을 시작하겠습니다. 유다솜씨, 지금부터 제가 호명하는 마법소녀를 제 쪽으로."

작전은 대략 이랬다. 예언의 마법소녀인 아로아가 시간의 마법소녀의 현재 소재를 파악한다. 마음의 마법소녀(라는 사람은 텔레파시 능력을 사용하는 듯했다) 배진희가 즉시 전마협 모든 회원들에게 이 정보를 고지한다. 공간의 마법소녀 최희진이 시간의 마법소녀의 등 뒤로 통로를 만들고 향기의 마법소녀 차민화가 마취향으로 시간의 마법소녀를 제압한다.

제일 먼저 이름을 불린 게 하필 아로아여서, 아로아는 유다솜이 염동력의 마법소녀라고 귀띔해주다 말고 둥실 떠올랐다.

현장 투입조로 최희진, 차민화, 유다솜이 들어가고, 아공간으로 시간의 마법소녀를 데려온 다음에는 의장님 본인이 나서서 재협상을 시도하는 작전. 협상이 실패로 돌아갈 경우…… 최악을 염두에 두고, 조합원 전원 호출 및 전세계 마법소녀들에게 지원을 요청할 것. 최희진이 한

손을 번쩍 들고 외쳤다.

“그러면 왜 생포 작전인데요? 처음부터 힘 못 쓰게 죽여버리는 게 낫지 않나?”

“그 가공할 힘이 우리에게도 꼭 필요하기 때문입니다. 아직 시간의 마법소녀를 포기할 수는 없어요.”

글쎄, 이미래가 과연 순순히 힘을 빌려줄까. 그렇지만 시간의 마법소녀를 죽여버려야 한다는 난폭한 의견에도 마음이 기울지는 않았다. 최희진은 왜 저럴까? 공간의 힘도 충분히 강력한데, 자기보다 더 대단한 시간의 힘을 지닌 사람이어서 이미래가 미운 걸까?

의장님은 다시 모든 마법소녀를 향해 목소리를 높였다.

“명심하세요. 시간의 마법소녀는 무시무시한 힘을 가지고 있지만 아직 우리에 대해서는 충분한 정보를 얻지 못했습니다. 시간의 마법소녀가 다른 마법소녀들의 힘을 알기 전인 지금, 단 한번의 기회밖에는 없습니다.”

# 사상 최악의 마법소녀

아로아가 미러를 꺼내 의장님과 마음의 마법소녀에게 보여주었다. 시간의 마법소녀의 위치를 파악한 모양이었다. 마음의 마법소녀는 기도하듯 손을 모았고, 공중에 떠 있던 사람들을 비롯해 주변에 있던 모든 마법소녀가 동시에 귓가에 손을 갖다 댔다. 모두 알았다는 듯 고개를 끄덕였지만, 내게는 아무것도 들리지 않았다. 그야 그것도 당연한 거지, 나는 마구를 가지고 있을 뿐 전마협에 가입하지도 않았고 딱히 마법소녀라고 할 수도 없으니까. 다른 사람들과는 완전히 다른 이유에서 고개가 끄덕여졌다. 벌거벗은 임금님의 옷이 보이는 척하듯 나도 귀를 만지작거

릴까 하는 생각도 순간 들었지만, 거짓말이 들키면 더 큰 창피를 당할 것 같아서 가만히 있었다.

의장님은 주머니에서 방독면을 두개 꺼내 최희진과 유다솜에게 건넸다. 최희진은 방독면을 홀떡 뒤집어쓰더니 문을 만들었고, 유다솜이 방독면을 쓸 동안 답답하다는 듯 허공에 발을 굴렀다. 곧 방독면 장착을 마친 유다솜이 엄지손가락을 들어올려 보이자 최희진이 문을 열었다. 차민화, 최희진, 유다솜 순으로 문안으로 들어갔다.

배진희가 아로아미러에 손을 올리자 현장 상황이 홀로그램처럼 공중에 투사되었다. 공간은 시간의 마법소녀의 방인 듯했다. 마치 '여학생의 방'을 테마로 만든 드라마 세트처럼 보였다. 한쪽에 책장이 달려서 소문자 h 모양으로 된 책상, 등받이가 두 쪽으로 되어 있고 발굽에는 바퀴도 달린 의자, 쿠션과 마스코트 인형이 잔뜩 놓여 있지만 전혀 좁아 보이지 않는 침대…… 아니, 재는 도대체 뭐가 불만이었을까? 하는 생각이 하마터면 입 밖으로 나올 뻔했다. 저런 집에 살면서도 학대를 당할 수가 있구나. 그렇게 생각한 순간, 의자가 책상 밖으로 휙 물러나더니 반 바퀴 돌았다.

시간의 마법소녀 이미래가 거기 앉아 있었다.

홀로그램이 하도 실감나서 나뿐만 아니라 그곳에 있던 모든 마법소녀들이 헉 또는 헉 하는 소리를 내며 술렁거렸다. 휴, 마취향을 사용한다고 했지. 안도하는 기색도 한 마음 한뜻으로 나타났다.

마취향을 마셨을 이미래는 이쪽을 보는 듯도 하고 좀 더 먼 곳을 보는 듯도 한 멍한 표정으로 그저 앉아 있을 뿐이었다. 유다솜이 손짓하자 바퀴 달린 의자는 현장투입조 마법소녀들 앞으로 드르륵 끌려왔다. 최희진이 다시 문을 열었고 차민화가 제일 먼저 나왔다. 유다솜의 손짓을 따라 이미래의 몸이 둥실 떠올라 문밖으로 나왔다. 공기의 흐름이 달라지는 게 '민간인'인 내게도 느껴졌다. 이 자리의 모든 마법소녀들이 경계심을 지니기 시작한 것이 확실하게 감각되었다. 뒤따라 유다솜과 최희진이 문을 나섰고 허공에 있던 문은 곧 사라졌다. 아로아와 배진희의 홀로그램 투사도 끝났다.

"유다솜씨, 내 앞에 이미래씨만 남겨주세요. 차민화씨,

이미래씨가 말을 할 수 있도록."

의장님이 지시하자 차민화가 이미래의 얼굴에 자기 손목을 갖다 댔고 의장님과 이미래를 제외한 다른 마법소녀들은 모두 지면으로 돌아왔다. 곧장 내 쪽으로 달려온 아로아와 손을 맞잡고 다시 공중을 올려다보았다. 의장님은 긴 한숨을 내쉰 다음 말했다.

"그럼 이제 우리, 다시 대화를 해봅시다."

"이렇게 사람들을 모아놓고 납치까지 해서 대화라니, 농담이시겠죠."

의장님의 말에 이미래는 그렇게 대꾸했다. 아니, 재는 정말 겁도 없고 위아래도 없구나. 아무리 그래도 한참 어른인 의장님한테 말버릇이 저게 뭐람. 한편으로는 이미래의 말이 옳은 게 아닌가 하는 생각도 들었지만, 그래도 인류를 멸망시키겠다는 인간한테 이 정도면 충분히 예의를 갖춘 접근이라는 생각이 역시 더 강하게 들었다.

"우리는 일종의 농성을 하고 있는 겁니다."

의장님의 목소리에서 아주 가느다란 떨림이 느껴졌다.

"이전에도 말했지요. 시간의 마법소녀는 너무나 강력한

힘을 지니고 있어 어떤 수단으로도 강제할 수 없다고. 당사자의 자발적인 선의를 기대할 뿐이라고."

그때, 아로아가 내 손을 잡아당기고 속삭였다.

"있잖아요. 혹시 일이 잘 안 풀리면……"

나는 옆에 서 있는 아로아를 보았다가 공중에 떠 있는 의장님과 이미래를 보았다가 하느라 바빠서 아, 네, 하고 건성으로 대꾸했다. 아로아는 재차 내 손을 꾹 쥐어 잡아당기며 더욱 긴밀한 어조로 말했다.

"세상에서 제일 이기적인 사람이 되려고 해봐요. 나만 살면 된다. 그렇게 생각해줘요, 알겠죠."

그게 무슨 소리람. 여기에서 가장, 가장이라기도 민망하지, 유일하게 힘없는 존재인 내가 혼자 살아남겠다고 발버둥질한들 그게 무슨 의미가 있겠냐고. 그보다 이렇게나 마법소녀가 많고, 그 잘났다는 시간의 마법소녀는 마비된 상태인데 일이 안 풀려봤자 얼마나 안 풀릴 수가 있겠어.

대충 알았어요 알았어, 하고 잡은 손을 흔들어주었지만 아로아는 호응하지 않았다. 의장님이 떨고 있듯 아로아도 떨고 있었다. 그제야 아로아가 예언의 마법소녀라는 사실을 상기했다.

"혹시……"

안 좋은 미래를 봤냐고 물으려는 찰나, 마법소녀들이 비명을 지르기 시작했다. 나는 다시 이미래 쪽을 바라보았다.

이미래가 한쪽 팔을 들고 있었다.

"그때 하셨던 말씀들 물론 다 기억하죠."

이미래는 인류멸망 예고 동영상에서처럼 성숙하고 침착한 말투로 말했다.

"기억 못하시는 건 아무래도 그쪽이 아닐까 싶은데요. 저는 이런 게 기억나거든요. 보이지 않는 것을 다루는 힘을 지닌 마법소녀들은 생각만으로 많은 일을 할 수 있다고 하신 것."

그러고 보니 그리 긴 시간은 아니었지만, 아로아의 말을 듣는 동안은 의장님의 목소리가 들리지 않았다. 설마…… 말을 안 한 게 아니라 못하고 있었던 걸까? 이미래가 의장님의 시간을 멈춰버려서?

내 의문에 답하듯 의장님이 갑자기 추락했다. 유다솜이 손을 쓴 모양인지 지면에 닿기 직전 멈추었지만 가슴이 철렁 내려앉을 만한 장면이었다. 곳곳에서 마법소녀들이 전투태세를 취했다.

"저에게 세계멸망을 막을 힘이 있다고 해놓고도 저를 자극한 건, 그때는 과대평가하고 지금은 과소평가하는 걸로 느껴지는데요. 아무튼 저도 기다리던 참이긴 했습니다. 마법소녀들을 한자리에 모아놓고 저를 초대해주셔서 감사해요. 덕분에 번거롭지 않겠어요."

"닥쳐, 이 미친년아!"

최희진의 목소리였다. 이미래의 등 뒤에 어느새 최희진의 공간문이 생겨 있었다. 최희진은 문에서 튀어나와 이미래를 거기에 집어넣고 문을 닫은 다음 착지했다.

"아무리 잘났어도 제까짓 게 이 많은 마법소녀들을 어떻게 상대한다고. 군중제어 능력도 없는 게."

으스대며 손을 탁탁 터는 최희진의 바로 앞에 다시 이미래가 나타났다.

"마법소녀도 머리가 좋고 볼 일이에요, 그렇죠?"

"뭐, 뭐야……?"

아연실색한 최희진을 보고 이미래는 살짝 미소 지었다.

"명색이 시간의 마법소녀인데, 시간을 조금 돌리는 것쯤이야 별거 아니지 않을까요. 이 간단한 걸 이해 못하실 줄은."

최희진은 이미래의 말에 대답하지 못했다. 대답할 수 없는 상태가 된 것이었다. 이미래는 조금 웃고 있는 것처럼 보였다.

"그 잘난 군중제어 능력 같은 게 없어도 머리를 조금 쓰면 수많은 사람을 동시에 상대하는 것도 무리는 아니에요. 가령 이렇게 해볼까요…… 참, 여러분이 잘 이해할 수 있게 소리 내서 말로 해볼게요. 지금 나와 같은 공간에 있는, 나를 제외한 모든 마법소녀의 시간이 멈춘다."

쇼맨십인지 뭔지 이미래는 손가락을 딱 하고 튕겨 보이기까지 했다. 그 순간부터, 방금 전까지 내 손을 절박하게 붙잡고 있던 아로아 손의 감촉이 별안간 다르게 느껴졌다. 조금 더 단단하고 조금 더 차가운 느낌. 죽은 것 같지는 않지만, 뭐랄까…… 살아 있기를 일시정지한 느낌.

"저는 제가 꽤 선의를 보이고 있다고 생각해요. 가령 여러분의 심장을 동시에 멈추게 하는 것도 가능한데 그러지 않잖아요. 얼마나 더 친절해야 한다는 거지? 욕심이 너무 많으신 것 아닌가요."

이미래는 뒷짐을 지고 마법소녀들 사이를 천천히 거닐기 시작했다.

"마비, 말이죠. 그건 제가 시간의 마법소녀가 되던 순간에 제일 먼저 알게 된 능력 중에 하나예요. 마비라는 건 그 사람 몸의 시간을 잠시 멈추는 거잖아요? 거꾸로 마비를 풀려면 시간을 빨리 흐르게 하면 되는 거죠."

이미래는 키가 작은 마법소녀 앞에 멈춰 섰다. 안수빈이었다. 히드로공항 테러 사건 저지의 주역. 이미래를 공격하려 했던 것인지, 한쪽 팔만 부풀다 만 상태로 멈춰버린 성장의 마법소녀. 이미래는 피식 웃었다.

"그런데 제가 혼자 연구하다가 깨달은 게 있어요. 단순히 시간을 멈춰서 마비를 시키면 그 사람의 마음과 감각도 멈춘다는 거. 제가 처음으로 처치한 사람은 그러니까 아마 아무 통증도 느끼지 못했을 거예요."

이미래는 마치 마네킹을 구경하듯 마법소녀 하나하나의 얼굴을 꼼꼼히 쳐다보며 지나다녔다.

"그게 너무 아쉽더라고요. 그 사람만큼은 진짜 고통스럽게 하고 싶었는데."

이미래가 내 앞을 지나갔다. 양 어깨며 목을 크게 돌리며 마법소녀들 사이를 걷는 이미래는 마치 움직일 수 있다는 사실을 과시하는 것처럼 보였다. 그러고 싶겠지. 여기서 마음껏 움직일 수 있는 사람은 자신뿐이라는 사실을 의심치 않을 테니까. 땀……이 날 것 같아서 무서웠다. 사실 움직일 수 있는 사람은 이미래뿐만이 아니었으니까. 나는 마법소녀가 아니어서, 모든 마법소녀의 시간을 멈춘다는 주문에 걸리지 않았으니까.

무궁화 꽃이 피었습니다 놀이를 하고 있는데 술래가 너무 오래 뒤를 돌아보고 있는 것 같은 느낌. 오금이 저리고 눈이 시리고 등이 가려웠다.

"그래서 연습을 좀 해봤어요. 마음에 드세요? 다들 제 말이 들리시죠? 몸만 멈추고 정신은 멈추지 않았으니까."

이미래는 나에게서 별 이상을 발견하지 못했는지 그대

로 지나가버렸다. 뒤를 돌아보고 싶었지만 들킬까봐 함부로 움직일 수 없었다. 나는 제자리에 그대로 선 채 눈만 굴려 아로아를 보았다. 아로아는 마법에 걸린 마법소녀답게 멈춰 있었다.

"그러니까 저처럼 생각만으로 능력을 발동할 수 있는 마법소녀가 계시다면 발악해보세요. 저도 이대로 끝나는 건 재미없을 것 같아서요."

이미래의 도발에 나는 조금 기대를 걸었지만 누구도 호응하지 않았다. 그럴 수 있지만 그러지 않는 것일까, 아니면 이미래나 아로아처럼 보이지 않는 것의 힘을 다루는 마법소녀가 별로 없어서 그런 것일까.

나는 계속 아로아를 보고 있었다. 내 손을 잡고 있지 않은 다른 한쪽 손을. 아로아는 미러를 쥐고 있었다. 미러에는 내 얼굴이 떠 있었다. 처음 만났던 새벽, 내가 죽으려 했던 그 새벽에 그랬듯.

혹시 일이 잘 안 풀리면 나만 살면 된다, 그렇게 생각해 줘요.

나는 아로아가 조금 전에 했던 말을 되새겼다. 아로아는 바로 지금 이 미래를 봤던 걸까. 그래서 그런 말을 했을까.

왜 나일까.

"한꺼번에 보내버릴 수 있게 되어서 일이 참 편해지긴 했는데 어떻게 하면 좋을지는 모르겠네요. 투표로 정할 수도 없고. 사실 방법은 많거든요. 그런데 제가 피 보는 건 별로 안 좋아해서 그건 빼고요."

이미래는 계속해서 지껄였다. 나는…… 나 혼자 살 방법은 찾을 수 없었다. 뛰어서 도망친들 부처님 손바닥 안일 테고, 운 좋게 이 공간 어딘가 몸을 숨기는 데에 성공하더라도 무한한 시간을 가진 시간의 마법소녀한테는 어떻게든 들키고 말겠지. 시간의 마법소녀를 물리치지 못하면 나 혼자라도 살아남는다는 뜻은 절대 이룰 수 없었다. 그런데 시간의 마법소녀를 물리치면 아로아도, 의장님도, 최희진도, 안수빈도, 유다솜도, 차민화도…… 여기에 모인 모든 마법소녀들까지 구할 수 있었다. 그러니까 가장 이기적인 선택이 절대 이기적일 수 없는 선택이 되는 거였다.

그러나 어떻게?

이마를 간질이며 미간을 따라 흘러 내려오는 땀 때문에

눈이 찡그려졌다. 생전 처음으로 누군가를 이기고 싶다는 생각이 간절히 들었는데, 그 상대는 절대로 이길 수 없는 사람이었다.

문득 주머니에서부터 따뜻한 기운이 퍼져 나오는 것이 느껴졌다. 눈을 살짝 내리깔아보니 주머니에서 가닥가닥 새어나오는 빛줄기가 보였다. 나는 그게 무슨 의미인지를 금세 알아차렸다. 전에도 비슷한 경험이 있었으니까. 각성이 시작되려는 거였다. 하필이면 지금, 절대로 이길 수 없는 상대에게 나를 들켜서는 안 되는 지금.

대체 내가 뭘 어쨌다고 이러는 거야?

# 마법소녀를 이기는 법

이미래의 발소리가 멈췄다. 주머니 속 신용카드 모양 마구에서 새어 나오는 빛줄기가 더없이 커져서 이제는 덩어리가 되었고 내 온몸을 (덩달아 내 손을 잡고 있는 아로아까지) 감쌀 만큼 커졌으며 그 빛이 내 주변에 기둥처럼 서 있는 마법소녀들의 발밑으로 긴 그림자를 드리웠기 때문에…… 내 뒤에 있던 이미래도 그것을 보았을 것이다.

빨라진 발소리가 나를 향해 달려오고 있었다.

눈물이 나려고 했다. 아니 왜 하필이면 지금이냐고, 그렇게 각성하자고 용을 쓸 때는 까딱도 않더니. 내가 시간의 마법소녀를 이기고 싶다고 생각했기 때문이야? 감히 그런 주제넘은 생각을 해서, 어디 한번 해보라고 이러는 거야? 억울하고 무섭고 기가 막히고 열 받고, 그런 온갖 기분이 뒤엉켜 눈물이 나려고 했다.

"당신은……"

이미래가 내 앞으로 오면서 흥미롭다는 듯 말했다. 보란 듯 내 몸이 제자리에서 떠올랐고 (와중에도 나는 아로아의 손을 절박하게 붙들고 있었다) 빛줄기가 내가 입은 후줄근한 옷에 달라붙더니 옷의 모양을 바꿔놓았다. 주문도 외우지 않았는데 변신이라니…… 구경거리라도 난 듯 올려다보고 있는 이미래 때문에 수치스러워서 죽어버리고 싶은 기분이 들었다. 한술 더 떠 그 기분마저도 싫었다. 어떤 마법소녀도 첫 변신 때 죽고 싶다는 생각 같은 건 하지 않을 테니까.

"이게 마법소녀의 변신이군요. 좋은 걸 봤네요."

다시 제자리에 착지해서 살펴보니 나는 정장을 입고 있었다. 한번도 입어본 적 없는, 언감생심 생각도 해본 적 없는, 아니다 솔직히 말하면 한번쯤은 나도 저런 것 입어보면 좋겠다 싶었던…… 몸에 잘 맞는 블랙슈트. 이미래와

독대하는 절체절명의 순간인데도 나는 그게 다행이라는 생각을 했다. 적어도 아로아처럼 오로라색의 깜찍한 공주 드레스 같은 건 입지 않아도 된다는 게 정말이지 천만다행이었다.

"왜 능력이 적용되지 않았을까요? 당신한테는."

나는 떨떠름하게 대꾸했다. 딱히 비밀로 할 것도 없는 사실에 대해서.

"저는 방금 전까지는 마법소녀가 아니었으니까요."

"정말요? 대박이다."

어른들보다 더 어른스러운 말투로 말하던 이미래가 갑자기 대박 같은 소리를 하니까 무척 어색하게 들려서 하마터면 픽 웃을 뻔했지만 웃으면 그걸로 끝장일 것 같아서 가까스로 참았는데, 이미래야말로 날 보니 웃음을 참을 수가 없다는 듯 볼을 부풀리고 있었다.

"그럼 혹시, 자신에게 무슨 능력이 있는지도 모르는 건가요?"

"……네."

이미래는 배를 잡고 깔깔 웃어대기 시작했다. 무서운

것과는 별개로 빈정이 상하기 시작했다. 이런 기분을 뭐라고 하더라, 그…… 재수 없다?

그래, **재수 없다.**

"제가 실수를 하긴 했네요. 이 자리에 있는 모든 사람의 시간을 멈춘다고 했어야 했는데 마법소녀의 시간만 멈춘다고 했죠. 아니 그래도, 설마 여기에 마법소녀도 아닌 사람이 있을 줄은 몰랐죠. 그걸 실책이라고 하긴 좀."

한참을 웃은 다음에 이미래는 여전히 웃음기가 가시지 않은 얼굴로 말했다. 나는 화가 나고 자존심이 상해서 그만…… 주머니에서 마구를 꺼내 마패처럼 내밀었다.

"그건 뭔데요?"

"제…… 무기예요."

이미래가 다시 웃음을 터뜨렸다. 웃느라 무릎을 휘청거리다가 곁에 있는 마법소녀의 어깨를 짚으며 눈가를 닦았다. 눈물이 찔끔 날 만큼이나 웃겼구나, 내 마구가.

"아니, 정말…… 미치셨어요?"

아까 전과는 전혀 다른 이유에서 다시 울음이 터지려고 했다.

"그걸로 뭘 어쩌시게요. 그걸로 저 긁어 죽이시게요? 아니면 저를 뭐, 한 이십사개월 무이자할부로 사시려고요? 혹시 직업이 코미디언이세요?"

이미래가 속사포처럼 쏘아대는 말을 들으며 나는 가만히 눈물을 참았다.

이걸로 뭘 어쩔 수 있는지는 나도 잘 몰라. 하지만 나는 어쩌면 너일 수도 있었어. 시간의 마법소녀일 수도 있었다고. 그랬다면 네가 나를 이렇게 비웃는 순간 같은 건 오지 않았겠지. 네가 너 자신을 구할 수도 없었을 거고. 어쩌면 내가 이렇게나 바보여서, 무능해서 너는 너일 수 있었던 거야. 조금 비약하면 너는 내 덕에 지금 이럴 수 있는 거였다고. 네가 너인 건 내 덕분인지도 모른다고.

그런데 너는 아무렇지도 않게 나를 웃음거리 취급하고 있구나.

"아, 됐고요. 아무리 그래도 너무 만만하게 봤다가 어찌 될지 모르니까 일단은."

이미래는 손가락을 딱 튕겼다. 그러자 온몸이 굳어져 움직일 수 없게 되었다. 의식은 여전했지만 목소리를 낼 수도 없었고 시선을 옮길 수도 없었다. 멍청하게 신용카드를 쭉 내민 포즈 그대로 나는 멈춰버렸다.

"마지막으로 재미있게 해주신 것 감사합니다."

이미래는 제자리에서 가볍게 뛰어오르더니 헤엄을 치듯 공중으로 도약해 올라가기 시작했다. 날아오르는 거구나. 저게 시간의 마법소녀가 비행하는 법이겠고. 살짝 뛰어오른 다음 낙하하기 전에 시간을 멈추고 다시 그 지점에서 뛰어오르고 시간을 멈추고…… 마법소녀의 훈련 방법 중 하나라는 비행술을 아무렇지도 않게 응용하는 이미래를 보니 한숨이 나왔다. 누가 가르쳐준 적도 없을 텐데 그냥 해버리네. 천재다. 정말 재수가 없지만, 부인할 수도 없는 천재. 타고난 마법소녀. 안 그래도 사상 최강의 능력이라는 시간의 능력을 갖게 됐는데, 심지어 천재.

반면 나는…… 역대 최고로 눈치 없이 각성해버린 마법소녀가 아닐까. 뭘 할 수 있는지도 모르는 무능의 결정체. 딱히 마법소녀로서만이 아니라 현실적으로도 그렇지.

"저 뭔지 모를 마지막 마법소녀분 덕분에 아이디어가 떠올랐어요. 이제 끝내드릴게요."

어느덧 꽤 높이 떠오른 이미래가 큰 소리로 말했다. 마지막…… 이게 마지막일까. 아로아, 미안해요. 의장님, 죄송해요. 마법소녀 여러분…… 마지막 마법소녀인데 여러분께 아무 희망이 되지 못해서 정말……

눈을 감고 싶었지만 눈이 감기지 않았다. 눈물이 날 것 같았지만 눈물도 나지 않았다. 죄송합니다,라는 말이라도 하고 싶었지만 목소리가 나올 리 만무했다. 희망. 별 맥락 없이 떠오른, 거창하고도 흐릿한 그 단어만 머릿속을 맴돌았다.

내가 어떤 생각을 했을 때 각성했지?

나는 시간의 마법소녀를 이길 수 없다는 생각을 했다. 이길 수 없지만 이기고 싶다는 생각을 했다. 이기고 싶다는 생각…… '싶다'라는 생각. 간절한 희망은 마법소녀를 각성시킨다. 한순간 가장 무력해진 존재에게 우주가 균형을 이루기 위해 부여하는 힘, 그게 마법소녀의 능력이라고 했다. 그렇다면 나는 내게 부여된 뭔지 모를 능력으로 이미래를 이길 수 있어야 했다.

이미래는 무슨 의도에서인지 한쪽 팔을 높이 들고 있었

다. 그 팔로 허공을 내리치는 순간 무슨 일인가 일어날 거라는 직감이 들었다.

빨리 생각해내, 뭔가를, 내가 할 수 있는, 시간의 마법소녀를 이길 수 있는, 그런데 시간의 마법소녀를 어떻게 이기지? 무력으로 제압해도 시간의 속도를 가감하는 것으로 간단히 벗어날 수 있는데? 치명상을 입히거나 해도 시간을 돌리면 되는데? 상식적으로 시간의 힘을 가진 사람과는 상대가 안 되잖아?

이미래의 팔이 떨어지는 광경이 슬로모션처럼 보였다.

시간, 시간이 더 필요해, 생각할 시간이, 하지만 시간의 마법소녀는 내가 아니고 재인데. 아 제기랄, 적어도 재가 시간의 마법소녀가 아니면 좋을 텐데, 아니 무슨 생각을 하는 거야 더는 시간도 없는데……

잠깐만.

바로 그 순간에 나의 마구가 빛나기 시작했다. 내가 뭔가 정답에 가까운 생각을 했다는 의미 같았다.

저 애가 시간의 힘을 더는 사용하지 못하게…… 아니야, 좀더 확실하게,

시간의 마법소녀가 더는 시간의 마법소녀가 아니게 되기를.

이게 맞겠지? 이게 아니면 더는 기회도 없는데. 느낌표 붙여서 한번만 더 해보자.

시간의 마법소녀가 더는 시간의 마법소녀가 아니기를!

내가 그렇게 기원한 순간, 마구로부터 빛이 폭발하듯 뿜어져 나오기 시작했고, 그 빛 속에서 이미래의 팔이 제자리로 돌아가는 것이 희미하게 보인 듯도 했다.

"안……!"

안 돼,라고 소리를 지르려고 했는데 목소리가 나오는 것이 어색하게 느껴져 목을 만졌다. 목을 만질 수 있다는 건 팔이 움직인다는 것, 팔이 움직인다는 건 시간 정지의 효력이 끝났다는 것. 나는 너무 강한 빛 때문에 보이지 않는 앞을 향해 팔을 휘저었다. 누군가 내 손가락들 사이에 자신의 손가락들을 끼우며 속삭였다.

"나 찾고 있었어요?"

"아로아!"

아로아 또한 회복되었다는 것에 기뻐할 틈도 없이, 아

공간 전체가 크게 흔들리더니 외곽에서부터 무너져 내리기 시작했다. 아무렇게나 얼린 얼음 같은 직육면체로 변해 무너져 내리는 눈부신 공간 너머로 검디검은 공허가 조금씩 드러나고 있었다.

"뭔가 잘못됐어……"

겁에 질린 내 목소리에 아로아가 대답했다.

"아무것도 잘못되지 않았어요."

우리가 발을 디딘 공간마저 검은 공허 속으로 녹아드는 순간에도 아로아는 말했다.

"잘했어요."

어딘가로 낙하하는 듯한 느낌에 몸을 한껏 옹송그리고 눈을 질끈 감았는데 별안간 진동이 멈추었다. 살아 있네? 살아 있다…… 어디로도 떨어지지 않았어. 그저 높은 곳에서 떨어지는 꿈을 꾸다가 움찔하며 깰 때처럼 약간의 무력감, 불쾌감이 팔다리를 맴돌 뿐이었다. 비가 오고 있었다. 나는 머리를 감쌌던 팔의 힘을 풀며 눈을 떴다. 웬 건물 옥상 같은 곳이었고, 밤이었으며, 어림잡아 백명은 되어 보이는 여자들이 나처럼 영문 모르는 표정으로 서 있었다.

"어떻게 된 거죠?"

"아공간이 무너지면서 전마협 옥상으로 이동한 거예요."

내 물음에 아로아가 답했다.

"아공간이 무너지다니…… 제가 뭔가 잘못했나요?"

"아뇨, 너무 잘했죠. 음, 아공간이 무너진 이유는 조금 설명하기 복잡할 것 같은데……"

두리번대다 주변 사람들의 부축으로 몸을 일으키는 의장님을 발견했다. 의장님으로부터 조금 떨어진 곳에서는 사람들이 둥글게 몰려들어 뭔가를 지켜보고 있었다. 의장님이 비틀거리며 다가서자 사람들이 길을 내주었고 그 틈으로 그들이 보고 있던 것을 나와 아로아도 보게 되었다.

이미래가 정신을 잃고 쓰러져 있었다.

이겼다……는 생각이 등줄기를 서늘하게 훑고 지나갔다. 생각한 것만큼 기분이 좋지는 않았다. 다행이라는 생각이 들 뿐이었다. 더 큰 희생은 발생하지 않아서 다행이다…… 그런데 내가 뭘 어떻게 했길래 이긴 거지?

아니, 그보다. 인류멸망이 결국 저지된 거라면, 나한테는 지금 이게 문제가 아닌데?

"지금 몇시죠?"

"열시 조금 넘었어요. 왜요?"

맥이 탁 풀려서 헛웃음이 나왔다.

"출근해야 했는데 망했네요."

아로아는 내 등을 토닥이며 말했다.

"흔한 얘기인걸요, 세계를 구하고 본인은 망하는 거."

빗줄기가 조금씩 잦아들고 있었다.

•

# 마법소녀 은퇴합니다

“시간의 마법소녀는 그날로 시간을 제어하는 능력을 잃었다고 하더군요.”

의장님이 먼저 입을 열었다.

“어떤 능력을 사용했는지 물어봐도 될까요?”

나는 찻잔을 만지작거리다가 작은 소리로 답했다.

“그냥 빌었어요. 시간의 마법소녀가 더이상 시간의 마법소녀가 아니었으면 좋겠다고.”

“소원을 빌었단 말이지요?”

자리에 둘러앉은 사람들이 모두 허, 하고 탄식인지 헛웃음인지 모를 소리를 냈다. 여러 사람이 동시에 그랬기 때문인지 공기가 움직여 내 찻잔 속 차까지 파르르 흔들렸다.

"그러면 소원의 마법소녀인가?"

"좀 막연한 것 같은데요."

내가 어떤 능력을 사용해 시간의 마법소녀를 물리쳤는지 확인하고, 나를 무엇의 마법소녀라 부를 것인지 정하는 자리였다. 전마협 정식 가입을 위한 면접이라고 해야 할까. 나는 자리에 모여 있는 중견 마법소녀들과 아로아를 차례대로 둘러보았다. 아로아가 입 모양으로 긴장하지 말아요,라고 하고 있었다. 슬쩍 손을 들고 나는 말했다.

"저, 도움이 된다면…… 제가 사용할 수 있는 능력을 한번 시연해볼게요."

"이 자리에서요?"

분위기가 경직되는 것이 느껴졌다. 하긴 드러난 사례만 보면 마법소녀의 능력을 빼앗는 마법소녀로 보일 테니 내가 능력을 쓰는 것이 썩 달갑지는 않을 수도. 하지만 내 능력은 그런 것이 아니었다. 나는 다른 사람들이 더 생각할 틈을 주지 않고 마구를 꺼낸 다음 말했다.

“오백밀리리터 생수 제일 저렴한 거 한병 주세요.”

내 앞에 가볍게 생수 한병이 놓였고, 나는 휴대폰을 꺼내 인터넷뱅킹 앱을 켠 다음 사람들이 볼 수 있게 탁자에 내려놓았다.

“제가 생수 한병을 요구하면 가장 합리적이고 비용이 적은 루트를 통해서 제 소망이 이루어져요. 반드시 값을 치르죠. 저는 여기서 움직이지 않았지만 제 손안에는 생수 한병이 있고, 제 계좌에선 생수 값이 빠져나갔어요. 아마 여기서 제일 가까운 편의점에서 생수 한병이 없어졌을 거예요. 계산대에 제 카드 이용내역이 찍혔을 거고요. 환불해도 기록은 남더라고요. 결제 취소 기록까지요.”

의장님이 양손을 모아 탁자에 괴며 단전에서부터 길어 올린 듯한 깊은 소리로 중얼거렸다.

“값을 치르는 마법소녀라……”

“만약 제가 터무니없는, 예를 들어 티파니 반지나 까르띠에 시계 같은 걸 갖고 싶다고 하면 제 신장이나 각막 같은 게 없어지거나 하지 않을까 해요. 지금 제게는 그만한 물건을 살 돈이나 능력이 없으니까요.”

"그러면 신장과 각막을 다시 돌려달라고 하면 되지 않나요?"

"그러면 다시 반지와 시계를 가져가겠죠. 다른 장기를 빼 가거나."

"그러니까 어떤 일이든 해낼 수 있지만, 어떤 대가를 치러야 할지 모르는 위험 부담이 있다?"

나는 아로아를 한번 쳐다보고 고개를 끄덕였다.

"……그렇죠."

"그날 시간의 마법소녀 말고도 꽤 많은, 어쩌면 대부분의 마법소녀가 능력을 잃거나 힘이 줄어든 것 같아요. 일단 제가 그래요. 미래가 거의 보이지 않거든요. 아로아미러도 지금으로선 보통 거울이나 다름없고요."

아로아의 말이었다. 아공간이 무너진 것도 그래서였겠지. 공간의 원래 소유자인 최희진이 갑자기 힘을 잃어서.

"아마 시간의 마법소녀가 힘을 내놓는 대가로 대부분의 마법소녀들의 힘도 줄어든 거겠죠. 균형을 이루기 위해. 다시 회복하거나 발전시킬 수 있을지는 더 두고 봐야겠지만."

"일리가 있군요."

그간 힘을 사용할 일이 거의 없었던 중견 마법소녀들은 자신들의 힘이 줄어들었다는 것조차 모르던 모양이었다.

"그런데 왜 이분은……"

중견 마법소녀 하나가 조심스레 나를 가리켰다.

"제 능력은 엄밀히 말해서 저의 능력이 아니니까요. 대가를 치를 수만 있다면 무엇이든 할 수 있는 능력이어서."

나는 카드를 다시 주머니 속에 넣으면서 말했다.

"그래서 저는 이 능력을 앞으로는 사용하지 않으려고 해요."

의장님을 비롯한 중견 마법소녀들은 충격을 받은 듯한 표정이었다.

"저뿐만 아니라 다른 사람들도 위험에 빠뜨릴 수 있는 능력이면 사용하지 않는 게 맞다고 생각해요. 이번에는 운이 좋았다고 할 수 있겠지만 앞으로도 그러리라는 보장은 없어요. 더 희생할 마법소녀도 이제 많지 않잖아요. 그래서 저는…… 각성한 지 얼마 되지는 않았지만, 은퇴하는 게 좋을 것 같아요."

아무도 나를 말리지 못했다. 그렇겠지, 아마도 이런 일은 처음일 테니까. 마법소녀의 은퇴라니 듣도 보도 못한 일일 테니까. 더욱이 이미 사상 최강이라 지목되었던 마법소녀를 물리친 마법소녀인데, 힘으로 막아봐야 소용없다는 것도 잘 알 테고.

전마협 사무실을 나오는 길에 아로아가 물었다.

"정말 후회하지 않겠어요?"

글쎄, 예언의 마법소녀가 그렇게 묻는다면 언젠가 후회할 거라는 의미처럼 들리는데. 나는 아로아가 더는 예언의 힘을 마음껏 사용하지 못한다는 것을 알면서도 그런 생각을 했다.

"바빠서 후회할 틈도 없을 것 같아요."

정말 그랬다. 편의점은 결국 잘렸지만 피시방에서 다시 연락이 왔다. 가능한 한 길게 일하고 싶다고 했더니 정말 길게 부려 먹어서 무척 피곤했다. 그러면서도 마트나 행사장 단기 알바도 알아보고 있었다. 최대한 빨리 돈을 모으고 싶어서.

더는 능력을 사용하지 않겠다는 선언은 솔직히 뻥이었

다. 라면이 빨리 끓게 해주세요 같은 소원은 거의 아무 대가도 요구하지 않았고 사장과 손님들은 누구보다도 빠르게 음식을 해내는 나를 대단하게 생각했다. 어쩌면 화력이 높아져 전열기기 사용료가 더 나오는 게 아닌가, 그게 대가인가 하는 의심도 들었지만, 그 돈은 내가 아니라 사장이 내는 거여서 별 부담을 느끼지 않으며 능력을 사용할 수 있었다. 가끔은 너무 피곤해서 피로가 풀리게 해주세요,라든지 푹 자고 일어난 것처럼 만들어주세요 같은 소원을 빌기도 했는데, 그러면 머리카락이 한움큼씩 빠지거나 몸이 순식간에 퉁퉁 붓는 부작용이 생겼다. 그 정도야 뭐.

내 자잘한 소원들은 대개 그만큼의 시간을 절약하게 해달라는 것이었기에 결국 내가 시간의 마법소녀가 된 것 같다는 생각을 한 적도 있다.

그러고 보니 진짜 시간의 마법소녀였던 이미래는 어떻게 되었을까. 아로아에게 물었더니 이미래를 전마협에서 보호한다고 했다.

“이전과 똑같은 삶으로 돌아갈 순 없겠죠. 그렇다고 하더라도 평범한 소녀잖아요. 그에 걸맞는 삶을 누릴 수 있게 최대한 보호해주려고 해요."

이미래가 그걸 원할지는 차마 물어볼 수 없었다.

그건 그렇고 전마협도 이제는 마법소녀 단체라기엔 애매한 상황이 되지 않았나? 그에 대해서도 물론 아로아는 대답해주었다.

"갑자기 입회 테스트를 받으려는 사람들이 많아졌어요."

그건 의외의 소식이었다.

"마법소녀로 각성할 수 있을 만큼은 아니지만 확실히 마력을 지니고 있는 사람들이 부쩍 늘었어요. 어쩌면 이런 현상도 그날 일의 여파일지도 몰라요. 강력한 마법소녀 한명의 힘을 거두는 소망을 이루는 대신, 보통 수준 마법소녀 여러명의 힘도 함께 거두고, 그 대신 더 많은 사람들에게 그 힘을 분배한 게 아닐까 해요. 어디까지나 제 생각이지만."

나는 아로아의 생각이 거의 언제나 옳다는 것을 알기에 고개를 끄덕였다.

"어쩌면 이런, 약간의 마력을 지닌 선량한 다수의 힘을 모아서 기후 재난에 맞설 수도 있을 것 같아요. 그걸 바탕으로 기후 행동 단체로 노선을 바꿀 것 같기도 하고요. 그리고 이미래씨 말고도 마법소녀라서 원한을 산 사람은 많거든요. 가령 폭력조직 같은 데서. 그런 상태에서 능력을 잃은 마법소녀들은 조금이라도 능력을 갖고 있는 다른 마법소녀들의 보호가 필요해요. 마법소녀들이 능력을 잃었다는 사실 자체를 가능한 한 오래 비밀에 부치려고도 하고요."

나의 물음들에 차례로 답한 다음 아로아는 내 손을 잡으며 물었다.

"은퇴한 다음의 계획은 뭐예요?"

은퇴 후 계획이라니 갑자기 내가 아주 늙어버린 것만 같은 기분이 들어 조금 웃었다. 계획이랄 건 없었다. 돈을 열심히 모은다. 왕창 모은다. 물론 피시방 알바 따위로는 왕창 모으기 어렵겠지만 죽을 때까지 그 일만 할 건 아니기도 하고 아무튼 죽자 사자 모아본다. 모아서 빚을 갚고 다시 공부를 시작한다. 마법소녀가 되고 싶다고 생각하기 훨씬 전부터 꿈꿨고 마법소녀보다 더 간절히 되고 싶었던 것, 그것이 되기 위한 공부. 스물아홉살에도 마법소녀가 될 수 있다면 시계 디자이너가 되기에 늦은 나이도 딱히 없을 것이다. 그렇지만 어디서부터 얘기해야 할까. 나는 아로아의 손가락들 사이에 내 손가락들을 엮으며 가만히 말을 골랐다.

"나는요, 사실 어릴 때부터 한번도 꿈이 바뀐 적 없는데……"

할아버지가 아닌 다른 사람에게 내 꿈에 대해 말하는 건 아주 오랜만이라는 걸 나는 조금 뒤에 깨달았다.

| 작가 노트 |

# 마법소녀 소설 씁니다

아름다운 이 땅에 금수강산에 단군 할아버지가 터 잡으시고.

단군 할아버지는 환웅의 자식이고 환웅은 천상의 제왕 환인의 후계자였는데 환웅이 강림할 때 환인으로부터 받은 세가지 보물을 천부인이라 하며 그것은 다름 아닌 청동검과 청동거울과 청동방울이었다고 한다. 학계에서는 청동으로 만든 이 물건들이 지배계층의 권위를 드러내며 종교적, 제례적 의미를 담고 있다고 해석한다.

다시 말해 환웅이 천계로부터 가져왔다는 세가지 물건은 신묘한 힘이 담긴 기다란 무기, 둥근 도구, 작은 장신구…… 친숙하게 들리는 게 착각은 아닐 것이다. 마법소녀의 요술봉, 마법소녀의 변신 거울, 마법소녀의 액세서리 참(charm). 요즘은 마법소녀의 아이템 범주가 무척 넓어졌는데 천부인은 기준을 조금 강경하게 잡더라도 넉넉하게 합격선에 든다.

요술봉과 같은 시그니처 아이템을 갖고 있는가 그렇지 않은가는 마법소녀를 정의하는 중요한 특징이다. 사실상 마술사 소녀지 마법소녀는 아닌 '천사소녀 네티'가 은근슬쩍 마법소녀 카테고리에 들어 있는 것이나, 변신을 하지 않는 '카드캡터 체리'를 마법소녀라 부르는 데에 사회적 합의가 따로 필요 없는 점 등을 감안하면.

그러니까 놀랍게도 우리는…… 마법소녀의 민족이다.

받아들여.

신(新)-세대론이 제시될 때마다 그 안에 포함되는 사람들은 혼란에 빠진다. 제가요? '그 세대'라고요? 언제부터요? 별안간 나는 MZ세대가 된 모양이다. 그중에서도 후기 밀레니얼 세대(1989~1996)의 막이 격. 기준이 어떻게 되는지 잘은 몰라도 과연 출생연도가 그 안에 드는 이들과는 유년기 문화적 코드가 꽤 잘 연결되는 현상을 종종 경험하는데, 하필 89년생만 애매하게 80년대 태생이라 "90년대생 추억의 만화 오프닝 메들리" 같은 동영상 제목을 보면 사소한 고독감을 느끼곤 한다.

나도 다 기억해. 다 기억이 나. 긴 머리 높이 묶고 내 마음을 훔쳐간 괴도-마술사-소녀(「천사소녀 네티」)와 세상에 대적할 자가 없을 만큼 강력하지만 고향 집에 있는 언니만큼은 이길 수 없었던 천재 마법사(「마법소녀 리나」)와 자연을 사랑하는 마음으로 무엇이든 될 수 있는 소녀의 가능성(「꽃천사 루루」「꽃의 천사 메리벨」)과 악의는 끝내 사랑의 힘을 이길 수 없다는 가르침을 준 세 소녀(「웨딩피치」)와…… 파노라마처럼 끝없이 이어지면서도 뒤죽박죽 섞여 있는 기억의 장면들 사이에는 어째서인지 로봇 출동을 최종 승인하는 메달을 책상에 있는 슬롯에 내리꽂는 지구방위반 반장(「절대무적 라이징오」)의 모습도 한 컷 섞여 있고, 거대로

봇을 생각하고 보니 레이어스도 떠오르고(「마법기사 레이어스」)…… 간호사(「리리카 SOS」)나 자영업자(「뾰로롱 꼬마마녀」) 또는 가수(「달빛천사」) 등 프로페셔널 마법소녀들의 모습도 이 회상의 목록에서 빼놓을 수 없지.

여기에 구미호의 인간둔갑을 모티프로 차용한 「요랑아 요랑아」, 잡동사니에서 도깨비로 모습을 바꾸는 '꽂신'과 '옥반지'가 나오는 「꼬비꼬비」, 성별이 다소 중립적으로 묘사되는 초능력 생명체 「아기공룡 둘리」, '매지컬' 하지는 않지만 '미라클'은 종종 나오는 「영심이」 「달려라 하니」 시리즈 등의 한국 애니메이션까지 더하면 마침내 완성된다, 후기 밀레니얼 세대로서 내가 경험한 마법-소녀-성장 서사의 연대기가…… 아이고, 「카드캡터 체리」와 「스피드왕 번개」를 빼먹을 뻔했네. 별 용건도 없는데 매일 롤러블레이드를 신고 게걸음으로 외출하게 했던 문제작들(당시 우리 집은 야트막한 언덕 위에 있었다).

"그리고 역시 세일러문이지."

여기까지 읽어주었더니 애인이 그렇게 말했다. 어떤 말로 그 거대한 존재를 소환해야 좋을지 몰라 망설이던 나에게는 그 답이 정확하게 들렸다. '역시' 세일러문. 앞서 소개한 거의 모든 작품을 합쳐서 견주어도 모자라지 않을 그 존재감.

내가 아는 한 마법소녀의 탄생과 운명이 신화적이며 영웅적인 서사로 승화된 첫 사례는 「달의 요정 세일러문」(이하 「세일러문」)이다. 그전에도 많은 작품이 세계의 평화를 주제로 삼았으나, 대개는 마법 문명의 근거지인 다른 차원 또는 외계 행성의 평화 혹은 그 세계와 지구 사이의 균형을 중시했기 때문이다.

마법소녀는 이 세계를 지키기 위해 '싸우는' 존재라는 인식을 대중적으로 만든 것도 「세일러문」이라고 본다. 지구의 운명, 나아가 온 우주의 무거운 내일을 나랑 나이 차이도 별로 나지 않는 언니들이 걸머지고 있음을 심각하게 고뇌하게 했던 작품. 그 언니들은 텔레비전에 나오는 2D이고 나는 시청자이며 입체 인간이었지만, 우리는 모두 소녀라는 공통점이 있었다.

세계를 구하는 건 소녀들의 숙명. 받아들여. 그러나 어떻게? '소녀'라는 단어는 '세계'라는 말과 병치되기에는 너무 작게 느껴진다. 그런데 이 또한 어디서 많이 들어본 듯 친숙하다. 이상할 것도 없지, 개인과 세계 사이 갈등과 화해는 근대 이후 모든 서사의 주제라고 해도 과언이 아니니까. 굳이 길게 꼬아 말했지만 「세일러문」이 재미있는 건 운명적이라는 이야기다.

어떻게 그런 걸 그릴 생각을 했지? 「세일러문」의 원작자 다케우치 나오코는 취미로 광물을 수집한다는 이야기를 들은 적 있다. 가공되지 않은 원석, 세공을 마친 보석, 그런 광물. 어쩐지 보석 수집이라고 쓰면 럭셔리하면서도 여성스러운 취미 같은데 광물 수집이라고 하면 보다 스케일이 크고 순수하게 학술적인 목적일 것 같은 느낌이 든다. 아무튼 그것을 실마리로 생각해도 좋을 것이다. 「세일러문」을 신화 또는 영웅 서사로 분석하게 하는 요소에는 극적 전개뿐 아니라 행성과 보석들의 이름이 유래한 희랍 신화적 배경도 있는데 그것은 일본 문화계에서 크게 부흥한 (또한 영향력 높은 서브컬처 등을 매개로 전세계에 퍼진) 소녀적-운명론적 감수성에 연결된다. 세일러 전사들이 나타내는 각각의 행성은 탄생 시기별 수호성이 되고 탄생 시기 하면 또 탄생석이 부여되며 여기서 황도 12궁을 빼놓고 이야기하는 건 말이 안 되며 별자리 하면 또 운세……

더불어 「세일러문」의 초기 엔트리는 (이걸 부연할 필요가 있나 싶지만) 세일러 전사 다섯명인데 이건 작가가 좋아하는 특수촬영 전대물(戦隊物)의 영향이라고 한다. 쉽게 말해 「파워레인저」의 주인공들을 전부 여자로 바꾸고 교복을 입힌 다음 각각에게 상징 행성을 부여했더니 「세일러문」이 되었다는 것.

그러니 잠정적인 결론은, 작가가 평소 즐기던 문화적 요소들을 작품에 적용한 것이 타깃 독자/시청자층을 공략하는 데에 주효했다, 정도가 되겠지. 다케우치 나오코는 1967년생으로 나의 모친과 동년배인데 십대 시절 데뷔해 스물네살부터 「세일러문」을 그리기 시작했다. 작가 본인이 소녀였고 소녀다운 자신의 취향을 숨김없이, 아낌없이 들이부어 만든 작품이 바로 「세일러문」, 그렇게 보아도 좋을 것이다.

그렇다면 「세일러문」 신드롬은 우연한 것인가?

질문을 바꿔본다. 마법소녀 장르에 덧씌워진 오랜 오해를 결부하여, 소녀적인 것은 '덜 중요한 것'인가? 실체적이지 않은 것인가? 즉 '소녀적'인 세계는, '세계'가 아닌가? 소녀들의 세계는 향긋한 느낌과 예쁜 이미지와 달콤한 환상으로 구성되어 있으므로, 피와 땀으로 표상되는 짭짤하고 씁쓸한 세계와는 무관한가?

실체적인 세계는 바꾸어 말하면 파괴 가능한 세계다. 그래서? 소녀들의 세계는 파괴되지 않는가? 거기에는 고통이 없는가? 물론 아니다. 훨씬 파괴되기 쉬운 세계라고 보는 편이 옳겠지. 고통에 더욱 취약한 이들이 주인공이기도 하고. (굳이 덧붙일 필요가 있겠는가 싶지만 그것은 그들이 연소자이기 때문이다. 여자라서가 아니라.)

똑같이 지구의 운명을 걸고 싸우는데도 마법소녀들이 거대 로봇에 비해 약하다거나 시시하다는 평가절하를 당하는 경우를 종종 보는데, 그건 체급 차이를 떠나 명백한 과소평가다. 전투가 끝난 자리가 많이 파괴된 쪽보다 적

게 파괴된 쪽이 더 강하다. 덜 파괴한 쪽이 보다 많은 사람을 구한 쪽일 테니까. 마법소녀물에서 파괴의 이미지가 비교적 드러나지 않는 것은 그들이 약해서, 소녀라서가 아니라 오히려 그들이 그만큼 유능하다는 의미로 파악해야 한다. 전투를 벌일 때마다 마천루가 무너지고 철도가 끊어지고 폭발이 연쇄된다면 그게 어떻게 지구를 '지킨' 것이 되는가? 전투에 승리한 것은 될 수 있어도 진정 인류를 구한 것이라고는 보기 어려울 것이다.

물론 마법소녀 장르가 모든 비판으로부터 자유로울 수는 없다. 어떻게 보아도 전투력을 높이는 데에는 기여하지 않을 듯한 의상이나, 주인공은 아름답게 악당은 기괴하게 디자인해 선악을 미추와 결부 짓는 연출 방식이나…… 작품마다 정도의 차이는 있지만 대부분은 비슷비슷한 문제를 안고 있는데, 나는 마법소녀 장르에 대한 주된 논란과는 조금 거리가 먼 개인적인 불만을 이야기하려고 한다.

지금까지의 계보를 살펴보면 마법소녀는 크게 두가지

유형으로 분류할 수 있다. '처음부터 마법소녀'(마법의 세계에서 온 이방인) 그리고 '어느 날 갑자기 마법소녀'(신비로운 존재로부터 초대 혹은 선택을 받아 마법세계에 입문하는 지구인). 후자는 진짜로 마법하고는 아예 관계가 없던 순수한 일반인과 알고 보니 원래부터 마법소녀가 될 운명—예를 들어 마법세계 공주의 환생—으로 다시 한 번 분류 가능하다.

마법의 힘이 놀라울수록, 마법소녀의 힘이 강력할수록 그 이유가 개연성 있게 설명되어야 하기에, 마법소녀의 태생에 특별한 설정을 부여하는 것은 당연하다. 불만의 여지가 없는 지점임에도 내가 굳이 느끼는 불만은 이것이다—그럼 나는? 진짜로 완전히 평범한 지구인으로 태어났고 삼십대가 되기까지 내가 전생에 마법세계의 공주였다는 증거도 전혀 발견하지 못한 나는?

이런 나라도, 또는 이런 나라서, 아니 이런 나야말로 가끔은 마법이나 기적을 간절히 필요로 한다. 꼭 나만이 아니라 누구나 그럴 것이다. 마법소녀가 나오는 작품을 좋아하든 좋아하지 않든, 하물며는 마법소녀 장르 자체에 대한 인상을 아예 가지지 않은 사람이라도.

이 세계에는 종말론만 있고 그에 맞서 싸울 마법소녀는 없다는 사실이 내게는 아주 어색하고 이상했다는 이야기다.

가제 '요/술/봉'으로 『마법소녀 은퇴합니다』를 구상할 때 맨 처음 떠올린 것은 공항 보안검색대에서 한 마법소녀가 곤혹을 겪는 장면이었다. 거울을 무기로 사용하는 마법소녀가 주머니에 자기의 시그니처 아이템을 넣고 보안검색대를 통과하면 불법무기 소지로 걸릴까? 걸리면 걸리는 대로, 안 걸리면 안 걸리는 대로 재미있겠다는 생각이었다. 손바닥만 한 콤팩트가 위험을 야기하는 무기로 취급되는 것, 따라서 그걸 지니고 다니는 데에도 법적 판단이 필요하다는 것, 그것은 마법소녀의 존재를 국가-정부가 인지하고 있다는 의미일 것…… 마법소녀의 존재가 공식화된 세계. 작품에 직접 쓰인 장면은 아니지만 구체적으로 상상할수록, 우리가 아는 물리적이고 실체적인 세계와 '소녀적'인 것으로 간주되고 일축되곤 하는 마법소녀의 세계를 겹쳐보면서 즐거움을 느낄 수 있었다.

2010년대 들어 마법소녀 장르의 패러다임에 다시 한 번 대전환을 일으킨 애니메이션「마법소녀 마도카☆마기카」, 웹툰「매지컬 고삼즈」 등의 작품에서는 계약을 통해 마법소녀가 되는 설정, 마법소녀가 되어 얻을 실질적 득실—대학 입시에 유리할 것—을 따지는 장면 등이 나온다. 말하자면 마법의 힘을 부여한 다른 차원, 다른 문명을 좀더 중시했던 이전의 주인공들에 비해 현실 인식이 성숙한 마법소녀들이 등장하기 시작한 것이다.「세일러문」을 보면서 '저런 엄청난 힘이 과연 아무 대가 없이 주어지는 걸까' '저 사람들 공부는 대체 언제 하려는 걸까'를 염려하던 세대가 성장해 만든 새로운 마법소녀 이야기라서가 아닐까?

한국의 후기 밀레니얼 세대로서 나는 초등학생 때 IMF를 목격했고 십대 초반 월드컵 주최국의 국민이 되는 경험을 했으며 이십대에는 세월호를 보았다. 이 세대 안에서 가장 보편적일 만한 공동경험을 (생각나는 대로) 꼽자면 그렇다. 호황의 시대는 한순간도 없었고, 한때는 열정이 유행했으나 계층 이동 가능성이 갈수록 낮아져 개인의 노력 같은 건 점점 의미가 없어지는…… '웅대한 꿈'이라고 해봐야 돈 걱정 없이 살고 싶다는 생각 정도가 전부인 세대, 그런 세대에 나는 속해 있다(고 생각하는데, 당연하지만 나는 후기 밀레니얼 세대의 표본 1이지 대표로 발언하는 것은 아니다). 이 와중에 기후 위기는 개인의 행불행 따위 아랑곳 않고 시시각각 촘촘하고 파괴력 있게 다가오고 있는데, 왜…… 왜 다들 아무 말 안 하지? 그런 당혹도 항상 있고…… 여러가지 차원에 걸쳐, 내가 속한 세대와 그다음 세대의 개인들은 정치적이지 않기가 어려운 입장이다.

이런 생각으로 살고 있는 사람이 앞서 언급한 작품들의 은혜와 영향력 안에서 마법소녀가 나오는 소설을 쓰자 이렇게 되었다. (이 말을 하려고 잘 모른다던 세대론까지 급조해 읊어버렸다.) 마법이 대가 없이 멋지고 편리했던 시대 그리고 능력과 어떤 기회비용을 교환하는 시대를 경유하여 내가 발견하고 싶었던 마법소녀의 힘은 아마도…… 도저히 이길 수 없을 것 같다는 마음이 극에 달할 때 자그